中国文学名家小小说精选丛书

我是你眼里的一尾游鱼

金卉 著

江西高校出版社
JIANGXI UNIVERSITIES AND COLLEGES PRESS

南　昌

图书在版编目（CIP）数据

我是你眼里的一尾游鱼 / 金卉著 . -- 南昌 : 江西
高校出版社 , 2025. 6. -- (中国文学名家小小说精选丛
书). -- ISBN 978-7-5762-5611-6

Ⅰ . I247.82

中国国家版本馆 CIP 数据核字第 2024ME3457 号

责 任 编 辑　　陶裕果
装 帧 设 计　　夏梓郡

出 版 发 行　　江西高校出版社
社　　　　址　　江西省南昌市新建区工业二路 508 号
邮 政 编 码　　330100
总 编 室 电 话　　0791-88504319
销 售 电 话　　0791-88505090
网　　　　址　　www.juacp.com
印　　　　刷　　鸿鹄（唐山）印务有限公司
经　　　　销　　全国新华书店
开　　　　本　　650 mm×920 mm　　1/16
印　　　　张　　13
字　　　　数　　160 千字
版　　　　次　　2025 年 6 月第 1 版
印　　　　次　　2025 年 6 月第 1 次印刷
书　　　　号　　ISBN 978-7-5762-5611-6
定　　　　价　　58.00 元

赣版权登字 -07-2024-971

用聪慧之眼发现小小说之眼（代序）

蔡楠

金卉有一双聪慧的眼睛。

这双眼睛隐藏于镜片之后，探寻于生活之中，又潜伏在喧嚣之间。

这双聪慧的眼睛，始终探寻着生活，默默地经营着小小说，又发现着小小说的眼睛。在她和她的眼睛看来，小小说当然也是有眼睛的。这小小说之眼，即是小小说文本的最亮点，是作者与读者以文学为媒介、心灵呼应共鸣的精确坐标。

带着对金卉多年的期待，在春节长假里，我有幸集中阅读了这位延边青年女作家的小小说代表性作品。我惊奇地发现，金卉聪慧之眼发现的小小说之眼轻盈神秘、荒诞怪异、幽默讽刺、现实描摹、雅致清逸。当我将生活中的金卉和小小说写作的金卉重叠在一起来看时，我竟然不知哪是金卉之眼，哪是小小说之眼了。但我知道，这重叠在一起的眼睛是深度的、警醒的，更是充满智慧的。这眼睛变换叙述，洞悉现实，探照人心。

轻盈与神秘——探照人心之眼

金卉的小小说有着非凡的想象力。她的大部分作品属于飞翔的小小说。小小说在她的眼里，又不单单是小小说，它更是一块轻盈的魔毯，可以自由地飞翔在神秘的虚构的天空。这种轻盈不是轻飘，是举重若轻，是游刃有余；这种神秘，不是玄虚，不是悬疑，是神思飞扬，是秘而不宣，是一种深刻的遐想和探究的渴望。

《我是你眼里的一尾游鱼》写得轻盈飘逸，现代感强。抓住了生态环保的大主题，意蕴深厚、寓意深刻、意义重大。貌似爱情，实则是在一个凄美爱情故事的外衣裹挟着一个保护和拯救水生动物的环保故事。一对海洋学院的大学生情侣，凭着满腔热忱、爱心和社会责任感，大学期间就成为"为保护水生动物振臂疾呼、誓死不屈的热血青年"。踏入社会，当他们积极投身检举揭发官商勾结捕杀野生水生动物的罪行时，理想被现实蹂躏，努力被无奈替代，孤助无援，但仍不畏强暴，不妥协、不低头、不畏缩，冒着被追杀的危险，最终变成水生动物藏匿于水里。

作者把角色设计成"娃娃鱼"而非真正的鱼。一个人鱼一体，一个物是人非，"我"虽不是鱼，但是我想永远做"你"眼里的那尾游鱼。开头与结尾，借用了村上春树经典的对话，使得环保故事不生硬、说教，变得柔软、温情，充满了灵性，增加了艺术感染力，也凭添了几分悲情的气氛。

《D14》中的"我"——小橡子，在车站里以丧失尊严为代价，筹集了五千元钱，然后与偷了爷爷棺材板钱的小三子结伴去一个神秘的地方去探险与探宝，结果历尽千辛万险，探到的竟然是一个普通的小盒子，盒子里只有一张陈旧泛黄的纸条。纸条的边角上有一行字：你是第十四个想不劳而获的人……至此，D14的意义才完全明白。

这篇小说在神秘的外壳铺垫里，其实包裹着一个清楚明白的哲理——天上不会掉馅饼。神秘的铺垫看似受着中世纪骑士探宝的影响，其实是对当今现实的投射，是对少年心灵复杂世界的探照。当生活在这个世界的青少年都想着不劳而获天上掉下来的馅饼的话，这个世界已经被铜臭毒害侵蚀到了什么程度？因此，改变人心进而通过改变人心达到改变世界变得多么重要。

《寻找塔吊》也是探照青少年的心灵之作。塔吊是一个人，是一个金发碧眼、皮肤白皙的俄罗斯女孩，她没有痛觉。这个可怜的女孩后来失踪了。"我"走遍大街小巷去找她，结果没有找到，直至"梦醒"。"梦醒"之后，寻找塔吊的故事只不过是个不存在的梦境。但"我"不相信这是个梦境，"我"坚信见过塔吊。在这篇小说里，"我"与小橡子、小三子不同，"我"是一个有着美丽心灵的中国女孩，我千方百计保护一个外国女孩。其实，不管塔吊这个神秘的"梦中女孩"存在与不存在，塔吊都有了一种象征，即这个世界美丽的心灵是存在的，且是相通的。金卉借梦写现实、写当下，借女孩写心灵、写世界，轻与重，拿捏得当、轻松自如、驾轻就熟。

《尊严》以不同角色反复强调的"我的尊严在哪里"，反映了当今不同阶层不同心态对尊严的渴望与需求，也是一种反讽。生活中，弱势群体的尊严与被尊重，往往被忽略得一干二净。在很多的时候，大张旗鼓的献爱心、高调张扬的捐款捐物设立基金会，往往成了压垮弱势群体可怜微妙自尊心的最后那一棵稻草。金卉领悟到这一点，在故事的最后揭示出来、传达出来，达到讽喻社会的目的。写法上也跳出了小小说的单一性，在后半部分一个个似曾相识的面孔，似是而非真假难辨的小主人公"天佑"，呈现出广阔的空间感和神秘感，体现了小小说的丰富性、含混性。

荒诞与怪异——变换叙述之眼

金卉小小说的叙述是非常讲究的。从叙述的人称来看，她多用第一人称讲述故事，并将人物及叙述者混为一体，将叙述者空间及叙事空间混淆在一个视角里，起到繁复多义的效果。无所不知的第三人称讲述故事，在她的小小说里也比较常见。但又不单单止于此，她还有一个含混不清的叙述者，即隐藏在语法第二人称的背后。这样不断变换人称的叙述，使得她的小小说也呈现出一种缤纷的状态。

从叙述方式上来看，金卉也深得现代派的熏陶，荒诞、变异、超越生死、时空交错、横穿古今等。她拒绝千篇一律，拒绝叙述的流畅和平淡，她每篇都力求以一个新的方式叙述故事，打开一个不一样的文本。

《墙》是一个讽刺轻喜剧。

大病初愈的"我"，为了排遣寂寞，玩了一个测试人心的游戏：将钱贴在墙上，又安装了双面透视门镜。然后，静等外面的人上门取钱。于是，就等来了一个男人、一个留着披肩发的女人、一个老妇人上门推销业务。结果，三个人竟然是同一个人装扮的，其目的就是为了取走贴在墙上的钱。小说讽刺了当今物质社会人们攫取财富无休止的欲望。结尾再一次在墙上贴钞票，静等别人来骗的情节，又展示了故事的另一个意义：大病的"我"面对纷繁的世界、炎凉的世态，无所适从，消极生活。"我"内心无望与绝望的悲凉，跃然纸上。这种现象既是社会的一种病态，也是一种常态。

《一千年以后》写了一对师生恋的舞蹈家"王长林"和"小鹿子"，在一场意外火灾中，失去生命。一个前缘未了，欲寻回家之路；一个喝了孟婆汤投胎转世。纵有三生三世难舍的深情，无奈阴差阳错，失之交臂。作者由一个痴情女子宁可在忘川河水受尽酷刑修炼千年寻找回家的路为开局，引出了一个悲欢离合的故事。盘根错节、是非曲直，无法参透……故事里有欲望，有爱情，有因果，有轮回。语言流畅，叙事视角独特。奈何桥、忘川水、夕阳、墓地、音乐、舞蹈，一个个动静结合的场景和画面构成了整篇故事。作者有着极强的画面感和超强的感性思维。

《美丽的悬崖》以一个死者的叙述回忆一段不堪回首的情感。打破了我们固有的认知，还原生活，回到生者的世界，能近距离地体验逝去情感的切肤之痛。

《仙女下凡头朝地》以仙女嫦娥开始叙述，进而在仙界和凡间、天上和地下来回切换，怪异而有趣。

《哭是什么滋味》一本正经地叙述到最后，因为"臭脚丫子"的缘故，"我"竟然不知道哭是什么滋味了。是生活的荒诞和怪异，造就了金卉小小说的荒诞和怪异，或者说，是金卉小小说的荒诞和怪异，深刻地揭示了现实生活的荒诞和怪异。

《五号候车亭》描写了两位考古队员梦幻般的奇遇。盗墓人、天兵天将、神秘壁画、真假"小毛毛"，一系列人物的粉墨登场，神秘玄幻、诡异多变。从考古队员逃跑切入，被横空出世的"小毛毛"率领的天兵天将射伤、逃亡、探宝……情节跌宕起伏、扑朔迷离、险象环生。最后在五号候车亭藏匿的一封信道出了一个心酸的故事。这是一个关于灵魂的守望与探寻、情感的追问与迷茫的故事。结局令人回味无穷，引人深思。

幽默讽刺——洞悉现实之眼

我们生活在一个前所未有的新时代。展现在我们面前的现实，是飞速发展的，是变化空前的，是色彩缤纷的。当然，也是光怪陆离的。不仅有着满满的正能量，有着符合这个社会的法律的、秩序的、道德的存在，也有着欺瞒的、无序的、失德的现象。金卉既看到了积极的层面，也揭露了消极乃至丑恶的一面。但她拒绝直接地强悍地撕破这些伪装，而是温情地委婉地予以展现。这种姿态非常适合幽他一默、讽他以刺。

《精准扶贫》就是一篇这样充满温情的讽刺小说。

魏小草代替父亲去领扶贫大米，经历了领取二十斤大米的一波三折之后，也经历了精准扶贫的一出闹剧。党和政府的精准扶贫政策在基层根本没有得到充分的贯彻执行，有的个别地区流于形式，甚至成了粉饰自己、宣传自己的工具。那位头发油光可鉴的县领导慷慨陈词，到头来成了对自己的绝妙讽刺。更具幽默的是，领了扶贫米的魏小草最后在单位又被摊派了一百元的扶贫款。被扶与扶贫的角色转换，更加强了小说的讽刺意味。

《我是谁》成功地塑造了一个恋权贪色的大学校长的形象。这个形象比《精准扶贫》里的县领导更具反讽意义。公众场合，他义正辞严地痛斥美女雪芙蓉招摇、媚俗等种种不是，私底下却用卑鄙手段引诱了雪芙蓉，以公费海南旅游的诱饵吞噬了雪芙蓉的美貌和身体。而悲催的是，雪芙蓉竟然义无反顾、飞蛾投火地奉献了自己。利益交换，各取所需。校长的私欲得到了满足，雪芙蓉的利益得到了保证。但结尾一句"我是谁"的叩问，令人心痛。这不单是雪芙蓉一个人的迷失和痛，这也是一群有着相似经历的女人们的迷失和隐痛，甚至是一个时代的迷失和隐痛。这篇作品有着振聋发聩的意义。

现实描摹——审视生活之眼

《张小北的忧伤》写了情感受挫急于改变命运的"张小北"，孤注一掷，铤而走险：投资失利、信用卡套现、被高利贷纠缠……命运没有对他网开一面。最后限制出行、住宿……沦为行走于白昼见不得光的夜行人，与监外执行的犯人无异，毫无自由而言。张小北是忧伤的，也是孤独的。究其根源，是物欲横流经济爆炸多元化的时代，对三观的冲击，对人性的拷问，对人们生活的影响。他的忧伤，也是时代的忧伤。没有人或者一种力量可以阻止历史车轮前进的脚步，但是面对着金钱、欲望、爱情、贪念、利益的诱惑时，如何选择是我们可以掌控的。作者让张小北从乘车、坐飞机、投宿不得入手，一步一步引领读者最后道出答案：法院征信系统失信的被执行人。让人欲哭无泪。

《你没资格道歉》《别说我没给你机会》是出国潮的大背景下，揭示打工仔的真实生存状态，令人唏嘘。

《妈妈您幸福吗》体现了作者对当今失独家庭不顾一切再生

的同情和悲悯。

雅致清逸——自然洒脱之眼

《最后的希望》《舍得》《澄明》等作品中的人物，都是在认清生活本质，仍然心存美好、一心向阳、努力生活的集体群像。超然物外与洒脱人生态度也是作者要传递给读者的。

当这篇序言快要结束的时候，金卉发来了微信和图片。吉林延边正飘着大雪，而她要踏雪出门。雪花飘在她身上、脸上、镜片上。在雪花飞舞中，她的眼睛更加澄澈明亮，那真是一双在生活中发现小小说眼睛的眼睛。

2018 年 3 月 8 日于荷香斋

蔡楠，中国作家协会会员，河北小小说沙龙主席，《河北小小说》主编。现供职于河北省任丘市地税局。

目 录
CONTENTS

第三辑
幽默讽刺

第四辑
现实描摹

第五辑
雅致清逸

第一辑

轻盈神秘

◀ 我是你眼里的一尾游鱼

> 鱼对水说，我哭了，你不知道，因为我在水里；水对鱼说，你流泪了，我知道，因为你在我心里……
>
> ——村上春树

我的眼前出现了一条亮晶晶的飘带。

这是一条河流。如果没猜错的话，就是我们俩精心调查非法捕杀野生水生动物现状的那条河流。

你气喘吁吁地对我说："我们飞走吧，开弓没有回头箭，我已把调查报告发到互联网了，内容足以令他们身败名裂，他们不会善罢甘休的。"

我说："我们没有翅膀，怎么飞？即使会飞也不能掌控方向……"话音未落，你就决绝地飞走了。

我的身后火光冲天、人声鼎沸。我听到有人声嘶力竭地喊："回来，你们两个冒失鬼，事情不是你们想像的那样，赶紧把报告撤了，消除影响……"

眼巴巴看着你越飞越高，我一着急，身体开始撕裂般疼痛，衣服瞬间变成无数个布条，我摇身一变，化作了一条特殊的鱼，毫不犹豫跳进水里。水里漆黑一片，伸手不见五指，我哭了。此刻，我终于明白了村上春树那句话：……我哭了，你看不见，因为我在水里……"

我在河里四处游荡。

这是一条国家保护的河道，水质清澈、清凉。零星地残存着一些水草，只是一个同类都没有。我拼命地游啊游，开始后悔刚才忘记问你我们出逃的方向，只记得你说，要去世界上没有污染的环境生活。

我一跃而起，看见你一步三回头朝我张望。此刻，你分明就是那"五里一徘徊"向东南飞的孤单悲怆的孔雀。其实，我更希望你也变成一条鱼。

我努力想找一个有回流的滩口，或者有个洞穴藏身……不一会儿，我睡着了。

睡梦中，人声嘈杂，我被一些捕猎者抓住了。我想跟他们火拼，但是我已经变成一条鱼了。

我被他们玩弄于股掌之间。那个满脸络腮胡子的男人说："娃娃鱼，你可是国家二级保护动物，就是那十万分之一啊，老天！我何德何才遇见你。我可不舍得吃掉你，我要开个庆功宴，昭示我的成就感，哈哈……"他们处在极度兴奋的癫狂状态。

趁着他们得意忘形，我挣脱束缚，迅速游至水中央。由于用力过猛，我撞到河道锋利的边缘上，手脚不同程度地受伤，血把周围的水域染红。天开始放亮时我爬到了岸边，遗憾的是，我没有看到你……

我失望至极，一个浪头将我打回水中。突然，我的后背上趴着一条小鱼，直觉告诉我，它的身体不及我的十分之一。即使在水里我竟然看到了它的眼泪，它的呼吸心跳如此迫近和熟悉……这条鱼就是你。我想牵你的手，你没有手，只有鱼鳍。你我既不是同类，也不是同科，更不是同一个目。

我有些伤感。

我们俩开始往一起聚拢，我欣喜着，从此可以继续相亲相爱。正沉醉中，我们开始东倒西歪，一张巨大的网向我们袭来，收网的一瞬间，你从缝隙里迅速逃了出去。

我再次成为捕猎者的囊中之物。

这是一家三口，一对夫妻带着一个女孩。女孩听到我婴儿般的吼叫，激动地说："爸爸、妈妈，它是个孩子，放了它吧，让它回去找爸爸妈妈吧。"

男人和女人轻蔑地哼了一声。女孩死命地拽着他们的衣角："老师说了，不能捕鱼，它们是人类的朋友，特别是这种娃娃鱼……"

我感受到你在狠命地撕咬鱼网，女孩也趁着爸爸、妈妈生火时，拿着剪刀竭力剪开鱼网，我使出吃奶的劲儿，奋力一跃，金蝉脱壳，死里逃生。

我俩欢呼雀跃，兴奋中我跑到岸上，你不敢造次，一直潜在水里。我想突然点个火把、篝火或者放射两颗 SOS 求救信号之类的。但是，除了哭声类似人外，语言，外形，相貌什么都不复存在了——我已经永远失去了人的一切能力。

岸上不远处，有一群人，他们向我走来，欣喜地说："小宝贝，终于找到你了，你是这片水域为数不多的幸存者，我们一定好好善待你。"

他们把我送到海洋学院为我疗伤。巧合的是，这个学院恰恰是我们俩的母校。水产系刘教授，也是我们俩的导师，负责我的治疗方案，先给我做了一个足够大的鱼缸——后来我知道这就是我余生生活的地方。

我作为当年他响当当的得意门生，此刻已经生生地被他遗忘了。

他们每天给我好吃的，调着花样给我鱼、虾、蟹，还有猪、牛、羊的内脏。

海洋学院的管理人员各个都是专家学者，不停地围着我评头论足。

学院五周年院庆时，众多学长和学弟、学妹们在我身边驻足观望。

突然，在拥挤的人群中，你牵着一个女孩的手，款款而来。你们俩穿着休闲的情侣服，亲密无间。女孩长发飘飘，脸上荡漾着盈盈的微笑。那女孩是我，那是大学时代恩爱有加的我们俩，为保护水生动物振臂疾呼、誓死不屈的热血青年。

此刻，你已经不是那条小鱼了，你恢复了儒雅和斯文。你看我的眼神，寻常得如同看其他任何一条水生动物的眼神。我想问你我们事业的进展情况，我们揭露官员与不法分子勾结非法捕杀水生动物恶劣行径在互联网的反应，我张了张嘴，什么也说不出来。

记得上大学时，你总是跟我开玩笑，叫我小鱼儿，说我是你眼里的一尾游鱼。而我，想永远做你眼里那一尾游鱼。可是，现在的我，的确不是鱼。

鱼对水说，我哭了，你不知道，因为我在水里；水对鱼说，你流泪了，我知道，因为你在我心里……

（发表于《河北小小说》2018 年第 1 期）

我是你眼里的一尾游鱼

◀ 寻找塔吊

我不知道塔吊是什么时候失踪的，我只记得初识她的那个情景。

操场上，同学们疯成一锅粥，两个高年级的男生在对打。其中一个腾空跃起一米多高，冲着另一个发力。那种力量之大，来势之凶猛是不可想像的。

同学们被这武侠小说里才有的画面惊吓到了，捂着眼睛，惊恐万分。结果出人意料，他那有力的大脚落在了一个小女孩身上，伴随着同学们的惊叫，女孩倒在地上。

我素有侠女十三妹之称，一个箭步冲上去，抓住那个男生的脖领子想带他去校长室。男生连连求饶："侠女，对不起，我不是故意的，我，我赔医药费……"然后，逃之夭夭。

我抱起倒在地上的女孩，她并没有哭闹，忽闪忽闪的大眼睛冲着我微笑。金发碧眼白皮肤，是个标准的外国女孩。

我用生硬的英语问她叫什么名字，她回答说："我叫塔吊，来自俄罗斯。"然后，脑袋一歪，不省人事。

我和同学们急匆匆把她送到医院。一番检查后，大夫看着跟塔吊年龄相仿的我好像有点顾虑。他严肃地说："确定可以跟你讲？"我说："她是我送来的，家长是谁我也不知道，您就跟我说吧。"

"好吧，这孩子没有什么大问题，只是有点软组织挫伤，还有就是……"

"就是什么？"

"还有她身上多处陈旧伤，旧伤未去，新伤又来，这说明她的每一次伤都没有得到及时治疗，这也验证了我的判断，那就是，她没有痛觉……"

"没有痛觉？"

"对，没有痛觉，这分先天和后天。先天是一种遗传性感觉自律神经障碍，后天也有可能是因为突发某些状况，导致出现神经阻碍……"

"没有痛觉？"这对我无异于当头一棒。

从小就受医生父母的熏陶，多少了解点医学常识。难怪她刚才没有任何哭闹，还冲我和那两个冒失鬼傻笑。

多么可怕啊，我紧紧地把塔吊抱在怀里。

塔吊依旧在微笑，她全然不知道将面临着怎样的危险。

我问她父母在哪，她说没有父母，她是跟随父母在此打工的。后来租住的房子着火了，她就和父母失散了，开始流浪。

也许问题的症结就在于此。父母以为她死了，实际上她只是永远失去了痛觉。

我把她带回家。后来，我的父母把她送到福利院。等我考完试去福利院打算接她回来的时候，她失踪了。

　　福利院说没有这个人。

　　我跑遍了全市的福利院、公安局、派出所、街道、社区，甚至拿着她的画像去电视台播寻人启事……不管我如何努力，那个叫塔吊的长着萌萌的大眼睛的俄罗斯女孩，从此，人间蒸发。

　　不知为什么，只有一面之缘的塔吊的形象已经在我的心里生根发芽。

　　她没有痛觉，如果遇到意外伤害，或者遇到动物的侵袭……后果不堪设想。

　　我走在大街上，失魂落魄。希望塔吊在某一个街角或者某一条胡同突然跑过来，喊我一声"中国姐姐"。可是，脑海里幻想的画面始终没有出现。酷热的阳光炙烤着我，中午到了，又累又热，突然我眼前一黑……

　　我醒来的时候，躺在一张洁白的床上。爸爸妈妈喜极而泣，他们呼唤我："宝贝，你终于醒了。"

　　"这是哪里啊？"

　　"这是医院，是妈妈的单位啊，宝贝。你最近太累了吧？我们不求你最优秀，只求你健康快乐。"

　　"妈妈，塔吊找到了吗？"

　　"塔吊是谁啊？"

　　"妈妈，塔吊你不认识了吗？那个被我领回家又被你送走的那个俄罗斯女孩啊！"

妈妈嘴巴张成 O 型，摸了摸我的额头："张医生，张医生，你快来看看，这孩子是不是发烧了啊，怎么满口胡话？"

这时，一个大夫进来了。我一看，满心欢喜，正是给塔吊看病的那位，我抓住他的手："医生，您说失去痛觉会不会自然恢复？塔吊失踪了，她会不会有危险啊？"

大夫满脸困惑："什么塔吊，什么痛觉消失，这是怎么回事啊？"

我绝望了。

我的塔吊究竟去了哪里呢？

医生对妈妈说："你们也是医生，孩子的心理健康也得特别关注。最近孩子压力是不是太大了？得给孩子减压，否则会有一些征兆的。"

妈妈在旁边疑惑地看着我，满脸的心疼，但是她并没有再说什么。

我坚信，我是和塔吊见过面的。

我一定能找到她。

（发表于《天池小小说》2018 年第 8 期）

◀ D14

我穿过熙熙攘攘的人流，来到正在候车的一位浓眉大眼的漂亮姐姐面前。大姐温婉可人，看上去很面善，一定是我想找的人。

我说："姐，我身上只剩下二十五元钱，还差五十元钱就能买张回家的车票。您看马上端午节了，能不能行个方便？"

大姐二话没说，立刻给了我五十元钱。

我用同样的方法耗时两天，在这个拥有三条高铁站交汇的古城，筹集了五千元，启程了。

和我同行的是大学同学小三子，他要带我去一个神秘的地方。

我穿好行头带着备用的干粮出发了。

几经辗转，我们来到了一片郁郁葱葱的森林。前无古人，后无来者。

小三子说："小橡子，你在前面。"我说："你在前面……"我俩争论了半天，最后还是我在前面，谁让我有求于他呢。

我侧着身，像螃蟹般小心翼翼地横着身体探寻着往前走，我的视野既可以看到前方，又可以观察到小三子的一举一动。这是我在法制节目中听公安大学教授传授的防范方法，当时觉得可笑，今天用上了。

我们大概走了两里路才穿过了森林，眼前出现了一个房子。

房子破旧不堪，院子里杂草丛生，空无一人。

房门虚掩着，诡异而神秘。我和小三子互相看了一眼，小三子开始自言自语："我是用导航导过来的，应该没问题啊，难道大林子说的就是这个地方？这个破地方怎么会，怎么会……真是不可思议。"

小三子拉着我的手打开了房门，我们俩蹑手蹑脚进了房间。光线暗淡、香火缭绕，发出黄绿色的光。显然，不久前有人来过。

正面的墙上挂着貌似古希腊神话中的阿瑞斯的头像，面目狰狞、阴森可怖。旁边是雅典娜女神的头像。这一正一邪的两个死对头，同时出现在这里，更增加了诡异气氛。墙上赫然地写着四个红字：入者慎行。

小三子的脸在黄绿色灯光的映衬下，看上去像极了动画片里的外星人。我的头皮发麻，腿开始哆嗦，战战兢兢，迅速进入第二个房间。

房间里的颜色瞬间变成了紫色，正面的墙上是一面大镜子。从我们变形的身材造型上看，应该是个哈哈镜，我俩傻笑一番，镜子里的我们开始变形。房间里传出来一个嘶哑的声音："年轻人，苦海无边！"

什么意思？让我们回头？

我们可不能就此善罢甘休。

我为了筹集盘缠，在车站里以丧失尊严为代价，我的执着与倔强还把妈妈气得住院了；小三子呢，更是赌上了全家人的身家性命，据说他的盘缠是偷的爷爷准备的棺材板的钱。我们都是农村的孩子，拼不了爹妈，找不到工作，没有退路，必须往前走。

　　我推开了第三道门。

　　刹那间，"嗖嗖——"两只冷箭不偏不倚地分别射在我俩身后的墙上，是从我俩脑袋之间的空隙上射过来的。我俩魂不附体，裤管里涌动出一股热流，我清楚地知道，尿裤子了。

　　一个幽灵般声音飘过来："别说不给你们机会。"

　　我和小三子腿开始打颤，他扑通一声跪倒地上，磕头作揖，连喊："饶命，饶命。"我奋力拽起来小三子，看到他的怂样，真想揍他一顿，事情是他发起来的，关键时刻怂成这样。我踢着他，喊道："起来！起来！"，小三子哭着说："小橡子，我们放弃吧，我想我妈了，我不想死……"

　　"你个狗日的，现在后悔了，是吧？我当时不答应你，你要挟我，说要是不来，你就撬走我女朋友，还说你俩已经暧昧了，你现在说放弃就放弃，怎么可能？你把钥匙给我！给我！"

　　我开始抢他的钥匙。小三子捂住缝在他衣服胸口兜里的那把钥匙，惊悚地看着我说："不能给你，小橡子。大师说，在没有见到盒子之前，不能易主，就是说不能给别人，否则会发生意外……"

　　"我他妈的管你意不意外！"

　　我抓住瑟瑟发抖的小三子，像老鹰叼小鸡一样拎着他破门而人。

第四道门里面的画面彻底令我们傻眼了：整个房间是血色的，墙上布满了骷髅头的图案，还有斑斑血迹。对面整面墙上是一面古铜色的柜子，柜子上都是小盒子，我让小三子拿出那把钥匙，钥匙竟然是残缺的，好在标号还在。我们俩开始按标号去找盒子，D1，D2，D3……一直到D14,终于找到那个盒子，我俩欣喜若狂。用钥匙打开了盒子，盒子里有一张纸条，陈旧泛黄，我的心蹦到了嗓子眼。我眼前浮现出一个宝藏，宝藏里满是黄金，金灿灿的，我和小三子趴在黄金上喜极而泣……

我迫不及待地打开那张纸条，正面空空如也，没有一个字，我发疯似的翻过来，又揉又搓，在边角上发现了一行字：你是第十四个想不劳而获的人……

灯突然灭了，漆黑一片。随即，房间里发出振聋发聩的咆哮声。

我和小三子屁滚尿流地逃了出来。

我俩踏着月色，孤魂野鬼般落荒而逃。

第二天，我早早地来到古城的高铁站，我要把之前筹集来的钱如数奉还。可是，我还能认出那些善良温婉的面孔吗？

（发表于《天池小小说》2018年第9期）

◀ 天山童姥

我体力不支，脱离了导游，疲惫不堪地拖着满满的一箱保健品，来到了那个久负盛名的"长生不老"的问询处。

医生给我号完脉，说："你呼吸一次，脉搏跳四次，不浮不沉、和缓有力。脉象不错，不用开药。"我软磨硬泡，医生好歹给我开了点。

恰在此时，手机响了。

"喂，喂，天山童姥，你啥时候回来呀，那件事有信了……"孙媳妇在电话里很兴奋。这丫头是个武侠迷，给我起了一个不伦不类的绰号。

她是这个世界上最善待我的人，两天不见，还真有点想得慌。她总是左右摇着我的身体向我撒娇："天山童姥，驻颜有术的人，一定是生活很安定，但心里不安定，生活由我来照顾你，自然安定，那么你心里不安定，是为了谁啊？隔壁的那个老爷爷吗？哈哈……"

我匆匆忙忙赶回家。

孙媳妇勾住了我的脖子："天山童姥，你可回来了。怎么样，玩得开心吗？有没有浪漫的邂逅啊？"然后，神秘地贴在我的耳朵，夸张地说："婚介所可是有信了。据说这次是一个大干部，不仅身价不菲，还说学逗唱样样精通，正符合你的审美，赶紧收拾一下，赴约吧……"说完，还在我的脸上拧了一把。

"怎么，真的有……有信了？"

突然听到消息，内心有些落寞。

跟孙子和孙媳妇生活了二十多年了，这里的每个人、每一个家具、每一个角落，都浸透了我的感情。但我实在不忍心再给孩子们添麻烦了。

"嗯，有信了。只是，天山童姥，咱俩之前说好的还算不算数？"

"算数，算数。"

我如约来到婚介所，婚介所装潢得富丽堂皇。

一位职业女性介绍了坐在身边的那位正襟危坐的老干部。老干部看上去有些严肃，戴着黑边眼镜，梳着大背头，精神矍铄、鹤发童颜。

职业女性说："兰女士，这位就是张总，退休前在一家外资企业当老总。你们的资料已经互换，能否继续交往，就看缘分了。"

我点头浅笑。

张总腾的一下从椅子上站起来，来了个九十度的大鞠躬："您好！兰女士。信息资料显示，您是一个热爱生活、喜欢浪漫和自由的人。请问，是这样吗？"

"这……"

我不知道怎么接话，第一次遇到如此直接的人。

"是，是啊，有点。"我说。

"那您介不介意我今天带您去旅游？"

说完，他走过来跟我握手。瞬间，我的手就像被钳子钳住一般，有点紧迫。我想挣脱，但是对方力大无穷，我欲罢不得。

我突然嗅到了一股刺鼻的金属味道，开始疯狂地打喷嚏，没想到意外发生了。

张总听到喷嚏声，应声倒地。

我吓得魂飞魄散，开始呼救。

两个工作人员慌忙跑出来，互相埋怨道："唉，谁知道会出现这种情况。就怪你，让你一大早忙着跟女朋友视频，出事了吧？我让你植入的程序再丰富一点，你就是不听，这个月奖金泡汤了，弄不好还得受处分。"

植入程序？

我再看看直挺挺倒地的张总，没有丝毫突发疾病的蜷缩和变形，神态安详自然。

我必须躺在凳子上休息一会儿。

两个工作人员边收拾现场边说："你看看这事闹的，不能全怪我们吧。原本可以不这么冒险的，那个真正的张总一个月后就从日本回来了，但是老太太的孙媳妇催得紧啊，说什么如果介绍成功，既可以减轻家庭负担，又不用每天变着花样哄老妖怪开心，而且老太太还答应她给她一大笔赞助费，她儿子的择校费还没着落呢，眼瞅着要开学了……"

我失魂落魄回了家。

我想质问孙媳妇，把我嫁出去的目的和居心，顺便问问张总是怎么回事。

可是，我再也没有说话的气力了，我突然好像对这个世界不再留恋。

我躺在床上三天三夜，茶饭不思，我的生命在一点一滴地被蚕食。

孙媳妇战战兢兢地站在床边，低眉顺眼，哭着说："天山童姥，您倒是说句话啊，我真不是故意的，我也是刚刚听说的。您虽然看上去面目清秀、光鲜照人，但毕竟都九十岁高龄了，像您这个年龄段的人，特别是优秀的好男人二十年前就绝迹了。所以，她们为了满足您，就去机器人公司按照您的要求量身定做了一个，没想到技术员不负责，程序过于简单……其实，我现在特别后悔，怎么就鬼迷心窍，轻信他们的话了呢？您跟着我们好好的，我现在突然发现已经跟您分不开了……"

"你，你们……？"

我想，我是时候离开了，我的同龄人二十年前就走了，儿女也于十年前全部过世，那个时代也随之消逝。

第二天，我将毕生的积蓄留给了孙媳妇。不管怎样，毕竟我这悲喜交加的二十年是她哄我开心的。

我坚信，善意的欺骗是美丽的。

在一个大雾弥漫的清晨，我抖落一身的尘土，踏着轻松的步伐，上路了。

（发表于《天池小小说》2018 年第 9 期）

◀ 逃 亡

我暴露了。

我接到上级指令去找小云，让她掩护我。我必须在一小时内逃出这座城市。此刻，我的后背突然如遭芒刺，又痛又痒。

小云挽住我的胳膊，神情自若。我看着她，突然想如果敌人盘查，我们俩怎么能更像夫妻？我开始疯狂地吻她的脖子。小云很诧异，挣脱我："这可是大街上……"

我无视她，终于在她的脖子上留下一道深深的吻痕。我特别希望，此刻周围的特务能看到我们恩爱的样子，也算是一种爱的见证。

我成功地登上了火车。

我不敢看小云，小云是我今生最爱但永远也娶不到的女人。

悲催的是，我在亡命天涯之前，以如此方式向她告别。

也许，从此永不再见。

……

在车上，我趴在茶几上似睡非睡。迷迷糊糊中，我捏了捏私密处，那个东西还在。我怕被发现，不敢如厕，忍着。上级说，一小时就好。一小时内足够他们撤离，即使东西落在敌人手里，也构不上危险。

一小时终于过去了，我拎着皮箱下了车，随着人流我走出出站口。

我长舒了一口气。突然，我的后腰上被一个硬硬的东西顶着，紧接着："别动，隋天亮同志，请跟我们走一趟吧！"

这声音好熟，我一转身，发现是小云，又惊又喜："小云，怎么是你？刚才你没回去？"

"我不是小云，我来自大日本帝国，我的名字叫山田惠子。"

"什……什么山田……惠子？你不是小云吗？五年前我们相识、相爱，刚才你还送我，怎么这就变成了日本人？"

"少废话，隋天亮，我再强调一下，我是山田惠子！"

"可是，小云，刚才……你看你的脖子还……"

"来人，带走！"

随后，几个黑衣男子迅速给我上了手铐，蒙上眼睛，带我来到一个好像很隐蔽的地方。我被重重地扔在了地上。我的眼罩被解开，眼前站着一个长相凶残的家伙，他身着草绿色的军装，留着标准的仁丹胡，恶狠狠看着我，像要把我吞下去似的。此刻，我如梦方醒，我被捕了。

他用比较生硬的汉语冲着我大吼："说！把你们在P城的地下组织网络成员交代一下，据我们的情报，共有十八个人。这名单上怎么就十五个人？那三个人哪去了，又是谁？"

说完，对方啪的一声把一张纸扔到我的脸上，我下意识地摸了摸，那东西没了。我奇怪得要命，他什么时候取走了呢？怎么一点没有觉察到？

"我什么都不知道，你们休想在我这得到什么！

一番对峙后，日本鬼子最终失去了耐性，对小云，不，对山田惠子说："你留下，搞定他，我休息一会儿。"

小云留下来。此时，我宁愿相信这是在做梦。

"天亮，你就交代了吧，前方战讯形势乐观，我们刚刚攻打下一座城市。你现在很危险，如果你交代了，我们的感情可以继续，你的前途可以保障……"

说完，小云两手搭在我的肩上，柔情蜜意地盯着我。这眼神是我认识她以来最温柔的，我突然有些恍惚。

五年前，我报到时对她一见倾心，她对我却若即若离。此刻，她将我搂在怀里，温柔地抚摸我凌乱的头发。我几乎不能自持。

我的眼前出现了几个画面：加入组织时宣誓、同志被严刑拷打和处决……

我推开"小云"，腾地坐起来："不，我什么都不知道！你们休想，休想在我这得到任何信息！"

山田惠子勃然大怒："隋天亮，别敬酒不吃吃罚酒！"愤怒而去。

不一会儿，几个黑衣男人将我拖到另外一个房间，貌似是地牢。他们用皮鞭、竹条把我打得皮开肉绽、痛不欲生。

我对山田惠子说："小云，看在我们相识多年的份上，你们立刻处决我吧，我真的什么都不知道。"日本鬼子哼了一声："处决你？做梦吧你！在这里，死比活容易，但活比死更难，知道吗？哈哈！"

他说得没错，我还剩下半条命，只求一死，特别在小云面前，我死而无憾。她是谁不重要，重要的是我爱她。

我眼前一黑，啥也不知道了。

醒来的时候，我趴在床上，他们忙三火四地往我后背上泼着刺骨的凉水。鬼子头哈哈大笑："好好好，你们中国人，真是让我刮目相看啊，一，二，三，四，五……一直到十八，正好十八人。快点，拍下来，拍下来！"他们嬉笑怒骂着，像得了宝贝，还不时地踹我。

我的后背特别疼。

鬼子头说："八格牙路，狡兔三窟啊，还能把名单刺到后背上迷惑我们，我大大地佩服你们的智商！但是，你们中国有个成语叫'道高一尺，魔高一丈'，你现在还不是落在我们手里了，几瓢凉水就让你现了原形。哈哈！难怪秋本海大佐说秘密就在你身上……"

什么名单？凉水？刺青？我只知道只要一紧张，后背就会又痛又痒，别的什么都不清楚。

"看在惠子的面上，我给你三次逃生的机会。我这里呢，有一把枪，我记得有一发子弹。但是，最近战事顺利，老子高兴，也许忘了放，可能一颗都没有。如果开完三枪你还活着，那么你他妈的赶紧给我滚蛋……"说完，砰砰砰三枪。

别了！小云，惠子。我闭上了眼。

大约过了一刻钟，我睁开眼睛，没死。

阴森森的地牢里，只剩我一人。我爬起来，腿开始打晃，跌跌撞撞地走出地牢，外面正是一天的朝阳初上。

我按照上级告诉我的联络方式，找到了电话亭。

我说："领导，赶紧撤离，名单被敌人发现了，很奇怪，怎么会在后背上……"上级说："你记不记得加入组织后有个体检，你住院三天，给你实施了全麻……这个细节过后再给你解释。现在，当务之急，你赶紧按照预案逃跑。但是，他们没有药水，显露出来的是第一层，是假的，真正的名单还在你身上，他们发现上当的话，不会放过你……"

我惊掉了下巴。

刚迈出电话亭，就听着身后有人喊："隋天亮，你往哪里跑？来人呐，抓住他，他在那呢……"

我继续开始我的逃亡。

（发表于《天池小小说》2018 年第 11 期）

第一辑　轻盈神秘

◀ 尊　严

．．．．．．．．．．．．．．．．．．

在我的职业生涯中，采访过形形色色的人和事。

然而，对于今天的采访我仍然充满期待。确切点说，是我们主任充满了期待，他巴望着以此咸鱼翻身。

我来到 H 城社会福利院。老师和小朋友们在教室里恭候多时，一双双清澈的眼睛，天真烂漫、活泼可爱。

除了身世，他们跟所有的孩子没什么不同。我给他们发了书包、文具盒、绘画材料……他们很开心，嬉笑打闹，乐成一团。

我逡巡着整个教室，寻找那个叫天佑的男孩。我曾在报纸上看到过他的照片：大眼睛、翘嘴角、眼神忧郁、头发弯曲……一个七岁的孩子在四年前那场惨绝人寰的大地震的废墟中坚持了十二小时，生存下来。地震让他失去了一只右手，也夺走了他所有的亲人。他的经历，百年不遇，我想深挖，但是没找到他。

我问老师天佑为什么没来，老师沉吟片刻："他失踪了。"

"他不是一直挺好的吗？"

老师长叹一声："孩子大了，敏感自尊。自从去年县里组织

我是你眼里的一尾游鱼

的那场大规模的献爱心活动后，他更加自闭了，几乎不说话。三年了，身体上的创伤都已经好了，但是精神上开始出现幻听幻觉。他的养父母也跟他解除了领养关系。孩子状态不好，谁都不见，直至失踪……"

我匆匆结束了采访，回到单位，我跟主任说，我要放弃。当时，主任正和社长争得面红而赤。主任对我说："这可是千载难逢的机会，如果做成参评稿，获得'中国新闻奖'恐怕没问题。"他不仅不同意我放弃，还让我必须追回这个男孩，跟踪报道。主任说："这事办不成我的脸面往哪里放，我的尊严呢？"

前段时间，在一个全县的重大活动采访策划上，主任出现纰漏，致使同类题材滞后同行媒体。社长很不高兴，在县主管领导面前颜面尽失。社长说："如此，我们媒体的尊严哪里去了？"

时下，正赶上机构改革，主任被"革"掉是分分钟的事儿。我急着主任的急，如果我完成不了这个课题，我的尊严又在哪？

我百无聊赖地走在街上，饥肠辘辘。我进入一家特色小吃部，点了汤饭，要了一盘辣椒焖肘子。

片刻功夫，饭菜上齐，我打算饱餐一顿。一抬头，一个男孩小心翼翼双手端着一碗热气腾腾的汤朝我走来。他端碗的姿态有点特别，但也说不出哪里特别。看到他步履蹒跚，我起身想接过来，没有衔接好，碗掉到地下，汤溅了一地……孩子吓了一跳，怯怯地说："先生，对不起，对不起！我一定赔您，一定！"然后低着头，两只脚尖互相踩着，一副任我发落的姿态。

我说："没关系，小朋友。再来一碗，不用你赔，你这么小，就帮爸爸妈妈干活，我给你点赞。"我竖起了大拇指。

小孩抬起头来，喃喃自语："爸爸妈妈……"

他没有因为我的表扬而欣喜，而是陷入了一种情绪里。他自然的卷发、忧郁的眼睛……似曾相识，难道他是……天底下还有这么巧的事？

"孩子，你叫什么名字？"

他没有回答，转身离开了，凑到我面前的是老板娘那张风情万种的一张满月脸。

"先生，您在自言自语吗？"

"那个孩子叫什么名字？

老板娘摇摇头走了。

返回时，已经华灯初上。我依旧在情境中没有走出来，难道幻觉了？

我摘下眼镜，认真擦拭，不能再发生尴尬的事情了。

"叔叔，叔叔，"一个稚嫩的声音，"您可以买一束康乃馨吗？送给您妈妈，或者随便送给您爱的人。"我循声望去，又是一个男孩，看上去十一二岁的模样，他充满期冀的眼神，很希望我买这束花。原来，母亲节到了。

"我，我……"我结巴起来。之前实在没有这个打算，父母在乡下，不认康乃馨。但是，小男孩那满脸的虔诚，让我不忍拒绝，我走近他，说："好吧，多少钱？"

男孩说："一元打底，多多益善，如果你实在没钱，这束花也可以送给您。只要您有亲人送，就是值得的……"

他的话让我心头一颤，我俯下身，仔细打量了一下这位男孩。他穿着一件小风衣，双手带着白手套，卷发、大眼睛……难道是天佑？刚才明明在饭店，怎么又开始卖花了？

"你叫什么名字？"

"我叫天赐，叔叔，您需要帮助吗？"

"不不，我要买花"，我掏出一百元递给他，"不用找了。"我接过康乃馨。

"不，叔叔，我现在找给你零钱。"说着，他吃力地用左手翻腾他身上斜挎的一个包包说，"叔叔，您知道吗？平等和不被同情才能最好地保护我们的尊严……"

如雷贯耳！

返回时，我进入一家大型超市，给妈妈买了一些营养品。在收银台排队时，被一家三口其乐融融的场景感染了：妈妈爸爸牵着孩子的手，父母穿着考究，仪态大方；孩子很绅士，一副西装，手上也戴着白手套，卷发、大眼睛……

今天是愚人节吗？怎么处处让我碰到那个孩子？

这个孩子也许是他也许不是，不管是与不是，我都不会采访他。

"喂喂，怎么了，主任？"

"你找到那个孩子了吗？"

"我找到了，不，我没找到，但我找到了尊严，一个新闻工作者的职业操守与尊严。"

"你个臭小子，怎么说疯话，赶紧回来，我有事跟你商量。"

◀ 爱情长跑
························

我离婚了，在很多人还不知道我结婚之前。

我无法容忍的不仅仅是小艾的背叛，而是两个曾经志向高远的年轻人在琐碎的现实生活中一步一步跌进了生活的深渊、爱情的坟墓。我们会为还房贷、车贷而捉襟见肘，会为给彼此双方父母掏赡养费而面红耳赤，会为买一个名牌包包和品牌护肤品而咬紧牙缝，会在拥挤的超市里为买一棵打折的白菜不得不在一长串老人身后排队结算…… 生活对于一对文艺青年来说，是何等得残酷啊！

我开始动摇。

促使我下定决心逃掉的，源于那天我去接小艾。我在小艾的办公楼下的车里苦苦等了她两个小时，却发现她挽着她的上司 W 君风情万种地从办公楼出来，又何等惬意地双双进入了那辆限量版的保时捷。

望着他们消失在雨雾中模糊的影子，我欲哭无泪。

我决绝地和小艾办理了离婚手续，任凭小艾死缠烂打问我原因，我始终缄默不语。我无法说出真相，我想给彼此留下最后的尊严。于是，小艾哭哭啼啼地走了。

小艾离开后，我开始反思这段婚姻。

我百思不得其解。

可以说，小艾离开后我才觉得婚姻不是非黑即白，包容和妥协才是维系关系的纽带。想想曾经与她相处的点点滴滴，她对我的温柔体贴和善解人意，才发现她对我仍然有着不可替代的重要性。但是我一想到她和"保时捷"在一起，我便过不了心里那道坎，那是任何一个男人永远无法逾越、无法原谅的坎。我痛苦地纠结着、折磨着，寝食难安。

夜半睡不着，我打开网络。

百无聊赖中，我惊喜地发现有一个网站，网站主打广告语是："把你的故事告诉我，我送你全新的未来。"我迫不及待，原来这个网站可以将你所有的不美好的记忆回收，而且价格不菲。既可以让你忘记痛苦，又可以让你有一定收入，甚至一夜暴富。记忆垃圾变废为宝，何乐而不为呢？我毫不犹豫地在网上注册会员，预约等候。看来，同病相怜的人还为数不少。最终，我毫无吝惜地卖掉了我所有的不开心的记忆。

我脱胎换骨，变成了全新的自己。

我忘掉了恋爱、婚姻生活里的所有记忆，当然曾经给过我刻骨铭心记忆的小艾也完全在我的记忆中根除了。我不是失忆，这和失忆有着本质的区别，我仍然认识我的父母和亲朋好友。这让我不得不佩服现在突飞猛进的科技，它能够让你摈弃坏的，留住好的，这是多么奇妙的一件事啊！

直到有一天，我在那个逼仄的雨巷里碰到了一位仙女般的女孩。

女孩被雨水浇得落汤鸡一样，杏黄色的连衣裙在雨水的作用下一览无余地勾勒出她那凹凸有致的身材。那一瞬间，我那渐渐冷去的情感瞬间复苏，我产生了强烈的保护她的冲动。我冲上去递给她雨伞，我收获的是一双感激涕零和慌乱害羞的眼神。这种眼神是这个社会已经很少有的那种令人怦然心动、楚楚动人的眼神。我体会到了戴望舒的《雨巷》优美诗句中的意境。她分明就是那个"丁香一样的结着愁怨的姑娘"……

我知道，我完了，我本以为此生不会再恋爱。虽然记忆没有了，但离婚的伤害，我隐隐地感觉还在。

但是此刻这些已经不重要了，我无法自拔地爱上了这个女孩，女孩也不可救药地爱上了我，我们一见钟情。仿佛应验了张爱玲的那句话，"在对的时间遇到了对的人"，我用卖掉记忆的钱加上积蓄买了一辆豪车，带女孩去兜风，去自驾游，去享受恋人在一起所有美好的时光。看到她开心的样子，我觉得自己是世界上最幸福的男人，我们很快堕入爱河。

经过半年的爱情长跑，我们彼此都觉得无法离开对方，我知道我们应该结婚了，我们必须谈婚论嫁了。因为那天，女朋友兴冲冲地跑过来神秘地告诉我，我即将做爸爸了。我当时是何等得激动和兴奋！

于是，我们俩开始筹备婚礼、布置婚房、发送请柬，通知所

我是你眼里的一尾游鱼

有的亲朋好友前来参加我们的婚礼。我花了八万八千八百八十八元钱预订了全市最有名气的礼仪公司，我要为女朋友举办一个盛大而浪漫、令所有女孩子都羡慕的婚礼。

然后，我带着她去离我们家最近的那个婚姻登记处，我们排队等候。

当终于轮到我们俩的时候，我的心怦怦直跳，我想我俩从此长相厮守了，有什么比这件事更让人兴奋的呢？

工作人员喊我俩的名字，确认身份后，并没有例行公事地给我们道喜，而是狐疑地看着我俩，说："你们确认登记结婚？"

"当然！"我俩不约而同。

随后，她很严肃地在结婚证上咔咔盖了两下那具有法律效力的红印，抬头递给我俩的一瞬间，意味深长地说："你们年轻人可真逗，你们俩不是半年前刚刚在这里办完离婚手续吗？婚姻可不是儿戏，这回可要好好过日子啊。"

（发表于《金山》2024 年第 8 期）

◀ 寻找摩天轮

一

从卫生间出来的那一刻，我再次与刚才两位牵手的女孩不期而遇。

她俩在原地东张西望，火辣辣的阳光把她俩的脸晒得通红。

"刚才不是告诉你们了吗？就在那。"我向游乐园的方向指了指。

"嗯，嗯，其实我们，我们想找游乐场里的摩天轮。"

她俩说话的声音很小，小到我几乎听不清。瘦高的女孩眼帘低垂，以右脚掌为轴心，在地上使劲地向左右画着弧线。不一会儿，地上出了一个坑。

"摩天轮？"

我的心仿佛被蝎子蜇了一般。

"难道，你也……"

她俩好像看穿了我的心思。

"先生，是这样，我朋友她……"矮个女孩欲言又止。

我有些激动。来到这座城市避暑都半个月了，我跑遍了全城

我是你眼里的一尾游鱼

大大小小的景点，寻找摩天轮，

而每天我都无功而返。摩天轮就像一个遥不可及的梦，失落在我的每一个日落与黄昏。

自从那年错过带女儿坐一次摩天轮的约定，我就像被点了死穴，每到一处，都会拼命地寻找摩天轮。而且，每次都要"带"着女儿在摩天轮上"拍照"，跟女儿"对话"。只有在摩天轮上，我的自言自语才不会是周围人眼里的疯话。我可以尽情诉说我的思念、我的懊恼和我的忏悔，我还可以仔细品味女儿那首《闪亮的日子》中的旁白。

"小星星，你在天上亮晶晶。爸爸，为什么星星一闪一闪呢？它是不是在跟我说话呀？星星好漂亮哟！我想像星星一样漂亮……"稚气童声、天籁之音。

我低头凝视着自己和女儿的合照，眼里又揉进了沙子，心碎了一地。

二

记不清这是第几次带叶子出来玩了。

今早睡眼朦胧中接到叶子妈妈哭着打来的电话，她告诉我，叶子这几天情绪又不对了，目光呆滞，行为异常，甚至有自残的倾向。我只好再次把她从家里拖出来。玩点什么呢？摩天轮吧。

叶子只有在摩天轮上才能安静下来，才能停止她每天无休止的絮叨。

"他说只和我一起坐摩天轮的"，亲朋好友的耳朵已经被这句话，磨出了厚厚的茧。

我和叶子在公园里转了几圈，打听了无数个人，也没打听到摩天轮的准确位置。确切点说，我们直接打听的是游乐场。两个成年女子，满公园打听摩天轮，

多少还是有所顾忌的。

刚才这位操着浓郁南方口音的两眼放光的男人，在这里竟然两次被我们撞到。

他肩上斜挎着单反相机，脖子上挂着一张与一个女孩模糊的合照，神情恍惚而落寞，看上去有点怪怪的。

"我们一起找摩天轮吧。"

我们俩一怔，对视良久，又看看络绎不绝的游人，不约而同地互相掐了掐对方的手。这是多年来我俩的心灵默契。

我们鬼使神差地跟着他，一起满世界地寻找摩天轮。

三

我躺在老公怀里，迎来了周围许多人嫌恶的目光。我知道，我们的行为有伤大雅。我们的年龄加起来超过一百岁，是不可以像年轻人那样，思想解放、举止随便的。特别是，躺在这个游人如织的开放式公园的长椅上。可是，我们还能怎样呢？

我们已经一年没见面了。

他明天即将跟随部队紧急驰援南方地区参加抗洪抢险，能否平安归来，是个未知数。为了这次聚首，我们选择了这个距离折中的城市，能缩减八个小时的里程。也就是说，我们可以在一起

至多享受八个小时的幸福时光。

而令人大跌眼镜的是，这个城市昨天高铁刚刚开通，游人蜂拥而至，把全城所有的酒店、宾馆、民宿，全都预定了。

在遍布全城寻找酒店无果后，我和老公别无选择，找到了公园一隅，静静地躺在一条长椅上。李商隐的"金风玉露一相逢，便胜却人间无数"，上学时让我费解，现在我懂了。

我突然想到了恋爱时经常乘坐的摩天轮。

在这个特殊时刻，想再次体验身心愉悦、灵魂自由的幸福瞬间，顺便挑战一下空中缆车、悬崖秋千等。可是，我们逛了一圈又一圈后，啥也没找到。我们不想把时间浪费在寻找上，只好依偎在长椅上，尽情享受我们久违的一刻。我清楚地看到周围来来往往的人。

对面走过来一男两女，看上去在找什么，他们时而说笑，时而沉默。自始至终，两个女孩与男人保持着一定的相对距离。

男人带着两个女孩路过一个"鬼屋"，回头说了些什么，俩女孩摇头，他们继续往前走；男人又在一个"空中飞龙"游乐项目前停下来，狠命地敲打售票处的窗玻璃。显然，没有什么结果。他们最终消失在我的视野尽头。

我收回目光，回头定定地落在老公灿烂无比的脸上。此刻，一切语言都是多余的。

我忽然发现我们长椅的不远处，有一个路标图。经过风吹日晒，表皮已经斑驳脱落。隐隐约约地我还能看清上面的标识，在主图的边缘处有一行小字：摩天轮已搬迁。具体搬至哪里，没有详细记录。

我的视线开始模糊，眼前仿佛出现了一个巨大的摩天轮，摩天轮上，一群人开心地互动着……

东方渐渐开始泛白。

露珠沿着郁金香和虞美人的梦境滚落，溅起了一个干爽的、崭新的黎明。

我紧紧地抓住了老公的手。

（发表于《天池小小说》2021 年第 1 期）

我是你眼里的一尾游鱼

◀ 长成一棵树

我确定是来报到的。

可是，为什么眼前出现了这样的房子？

这是一个外型酷似一棵大树的房子。房顶是枝繁叶茂的树冠，郁郁葱葱；房身是粗壮无比的树干，红色的窗棂和蓝色的门在树干上错落有致，人们进进出出……让我瞬间进入到一个童话世界，仿佛是在小矮人和白雪公主的乐园。

我进入树里，里面的结构没什么异常。我找到了接待室，一位干部对我说："你就是谁谁吧？"我点点头。

他说："有个情况需要给你说明一下，你这个专业呢，我们是作为人才储备招聘的，暂时没有岗位，等时机成熟再正式上岗。明天你先做个入职体检吧。"

我如堕云里雾中。

暂时没有岗位，是几个意思？

那我的实验室、我的生物学梦想，我的一切一切，就这么化为泡沫？我明明是冲着这个岗位报名考试的。

我来到他们安排的宿舍，看到一位戴眼镜的帅哥正在收拾行李。我热情地上去打招呼："哈喽，我是来报到的，认识一下。"我礼貌地伸出了手，对方没有如我期待得那样友好，他看了我一眼，说："你是谁家的亲戚吧？你不用出外作业吧？"

我丈二和尚摸不着头脑。

他拉着行李箱走了。

我悬在半空中的手识趣地放下来。

第二天，我跟着工作人员参加体检。录用的二十多人中，只来了五人，其他人为什么没来，不得而知。其中还有个"大腹便便"的孕妇。我很奇怪，什么岗位能需要孕妇呢？育婴室？这也不是妇幼保健所啊？

迟疑间，我被叫到名字进了体检室。没叫到的，也都像下饺子一样一窝蜂地去了体检室。他们跟工作人员打成一片，直呼叔叔阿姨。我心里想，这些人可真有意思，刚见第一面，就这么会攀亲，我可不会像他们那样套近乎。

体检结果，一切正常。我等着职业培训，然而却被告知，要去外地作业。

我依然对我的专业梦想报有残存的幻想。

三天后，我跟着队伍出发了。我们来到一个自然环境极其恶劣的最北方的二线城市，才知道我们负责城市规划图的测绘工作。这就好比把一个舞蹈演员安排在医院手术台的岗位一样地荒谬。

我梦幻般地上岗了。

原本满脑子装着生物发展规律的梦想的研究生，每天带着七八个民工遍布这座城市的每一个角落，开始对一个城市的建筑、桥梁、河流、山川、湖泊用仪器精确地定位，然后汇总数据。披星戴月，风餐露宿。要是到郊区，必须每天下午三点之前撤出来，否则便极有可能与野生动物亲密接触。

一个月下来，我由"艺术照"变成了"生活照"，满脸浮肿，颧骨明显得高原红，心脏总觉得憋闷。每天早晨，队长提醒我们带速效救心丸成了必修课。

有一天，我把刚刚统计好的数据交给队长，跟他来到了市里规划部门。技术人员鉴定后，一脸愠怒，说："你们再不认真，我就终止合同，你们的损失自己负责。"我和队长对视一秒儿，问原因。技术人员说："你看这是多么明显的一条水泥道啊，竟然被你们给漏掉了。我们要的是最新的数据，最新的，不能有盲区，懂吗？"

我俩面面相觑。

我们率领测绘队的队友们连夜去了被漏掉的现场，刻不容缓。果然多出来一条桥，混凝土还没完全干透，旁边立着禁止通行警示牌，显然是在测绘后一周内完成的。我为城市发展的神速而震惊。

毫不犹豫，立刻整改，然后将新数据提交市有关部门。

晚上，庆功会上，我们十多个男生在租住的 130 平方米的房子里自己做了十几道菜，喝到了兴头上，开始奢侈地谈到了理想。我说我的理想是做一位生物学家，拥有全国最好的实验室；另一兄弟说，他是学传媒的，他的理想做施拉姆那样的人，记录时代好声音；第三个兄弟说，他是学工业造型的，他愿意为每个城市设计最好的城市标志……说完，我们还惺惺相惜地流了泪。

队长过来了，说："你们都是好样的，至少面对现实。那个王博士，没有坚持下来，走了。"

"哪个王博士？"

"就是你报到时住在你宿舍的那个。他已经坚持了半年了，再有半年就转正了。现在出来作业的，都是没有任何关系的，有关系的都留在了那个参天大树的老房子里。"

……

再回到老房子的时候是三个月后。老树依旧在，但墙皮开始脱落，树冠开始变得枯黄。

我得到的消息是，我们走后就建立了生物学实验室，那个孕妇替代了我的位置。

我不再幻想，大树的根基烂掉了，任凭表面上枝繁叶茂，也维持不了多久。

我想总有一天，我自己会长成一棵健康的大树。

第二辑

荒诞怪异

◀ 仙女下凡头朝地

我是一个仙女，确切点说，我是嫦娥，至少在几千年以前。

我厌倦了不食人间烟火的日子，决定返回凡间故地重游。

正当我和天蓬元帅把恋爱谈得如火如荼计划旅行结婚时，那个凶神恶煞的王母娘娘硬说是天蓬 GG 调戏了我，无情地把他贬至凡间。

那天，我慌里慌张地跟在几个天神后面，看看究竟要把我的GG 弄到哪里去，一不小心就下了凡。由于仓促，头先朝了地，结果成了如今的模样，虽不及月宫中清丽，但也堪成美人了。

再说，即便再漂亮又能怎样？不就是守着木讷的吴刚和串了种的玉兔吗？谁去欣赏你呢？

下了凡我才发现，天上人间一个样。

我没找到我的 GG，只好嫁给了一个老实巴交的憨厚男人，和他生活在一起，我臆想着，我们就是牛郎织女了。

现在早就有现代化的机器织布了，我摇身一变，成为一名文字工作者。

那天，从办事机构出来，我怒火中烧。我分明看见自己原本完整的五脏六腑在火辣辣的阳光下，炸得七零八落。

回到单位，我摸了摸胸口，好在肺还没有炸。

那位长着猪头模样的长兄——阎王不嫌鬼瘦地对我说："哎呀，是谁把我们的才女美人气成这个样子？不过，你生起气来也这么让人心动……"

这位仁兄有老婆也不缺恋人，但八成是荷尔蒙分泌过盛，总像一只欲壑难填、永远处在发情期的猫一样，对女人总是垂涎三尺。尤其是对我，老是跟我肆无忌惮地说"似曾相识、相见恨晚"之类的虎狼之词。若在夏天，他那眯成一条线的眼睛贼溜溜地盯在女人的关键部位，恨不得生出无形之手把薄如蝉翼的衣裳扯碎。

我毫不客气，不管你是出于何种原因的赞美，我全都笑纳，我说："你他娘的少没事拿我开涮，我当然美了，我天生丽质，仙女下凡、嫦娥转世，你看挺好的瓜子脸长倒了不是？"

……

仁兄被我气成了四白眼。

牢骚归牢骚，只要这颗心跳动一天，就要工作一天，谁敢拿工作开玩笑呢？

我把由六千字压缩到一千字的事迹材料重新恢复为六千字，然后再把 wps 的表格转换成 word 表格，一段一段地复制粘贴，五号字的表格便由原来一页增至六页。我拷贝在 U 盘里，然后屁颠屁颠地跑到八楼的微机室，加入到一百个人等着打印材料的队伍中去。

如此反复地完成类似工作，在此前的一个月中，不知重复了多少次。

夜深人静，外面下起了小雨，我终于可以回家了。

当然，陪伴我的还有召之即来的"牛郎"，听起来有点让人误会，其实就是我老公。

我就着蒙蒙的细雨，啃着牛郎带来的面包，走在清冷的大街上，四处寻找的士。本来就不繁华的小城已然归于岑寂。

据外婆讲，天上的仙女笑一笑，凡间的大地摇一摇。换言之，仙女能有撼动乾坤的威力，而我这位曾经的仙女，此时却很无奈——我不仅不能让瓢泼的大雨停下来，而且连个司机也奈何不得。街上根本没有出租车。

突然想起了《雨夜东京》中的那对深情的恋人，缠绵悱恻的曼妙音乐瞬间在耳畔响起。

我又突然想起了月宫。

既然和后羿相爱，干嘛追求长生不老，悔偷灵药？既然奔向月宫，干嘛又经不住天蓬元帅的甜言蜜语，以至于碧海青青夜夜心呢？

无论如何，我是个仙女，至少是头朝地的仙女。不管前尘往事，还是今生今世，仙女也要生存的，若想超越平凡的生活，注定也要碰壁的。

我挎着"牛郎"的胳膊，一任雨水打在身上，突发奇想，何不在这个疲惫的夜晚与老公共度良宵呢？

于是，我们来到一家星级宾馆，吧台服务员打量了我们一眼，

我是你眼里的一尾游鱼

满腹狐疑，小心翼翼地问："带结婚证了吗？"我差点把面包喷到她脸上，我说："现在都什么年代了，还要证？现在都凌晨两点了，能赶到家取证我还住店吗？"说完，便潇洒地甩了甩湿漉漉的头发，拉着"牛郎"扬长而去。

可能真是处于非常时期，投宿了好几家旅店，都因被质疑不正当的男女关系遭拒绝，后来得知新上任的县长是公安局长出身，格外重视扫黄打非，才使得快绝了种的恪守职业道德的商户开始如此良心发现。

我只好和"牛郎"趁着月色往家里走，当走到我们的蜗居时，我浑身像散了架子，完全顾及不到天上的吴刚和玉兔的哀怨的眼神。

我相信自己是个仙女的，只是下凡时头朝了地。

（发表于 2005 年《图们江新报》第 9 期）

◀ 幸福密码

高铁上比我想像得还拥挤。

摩肩接踵，呼吸都困难。我争分夺秒地看大盘，不小心把手机掉在地上。我用尽全力挤出空间，俯身去捡，一只脚不偏不倚重重地踩在上面，手机秒碎。我抓住这只脚："我去，虽然我的手机耽误您的脚落地了，但是您必须得……"

"你谁啊？把手放开，我喊人了啊！"

我抬头发现，这只脚的主人是一个时尚的大眼美女。我的"赔"字还没说出口，反倒被她将了一军。

"美女，这苹果8是花了我三个月工资买来的，你咋也得赔点损失吧。"美女说："这么挤你还玩手机，充什么大瓣蒜？你至于忙到这地步？明摆着是成心想被踩嘛！"说完，她还很淑女地耸耸肩摊开了手，一副无可奈何的模样。

她说得并非没有道理。我不至于，又很至于，这关乎我的春节怎么过，关乎我全家的命运……

索赔无果，自认倒霉。我收起手机碎片，找到了座位，拿出卡换上另一个准备挂学习软件的手机。

我是你眼里的一尾游鱼

我打开微信，竟有十多人跟我打招呼。原来手机被摔的一刹那，"附近的人"被打开了。

反正没有目的地，反正时间就是用来蹉跎的，那么何不聊一聊呢？我随便选了一位。

"美女，你好！去哪里啊？"我习惯这样称呼对方，这样，即使对方是耄耋老妪，也会心花怒放，至于她是不是美女完全不重要。

"不知道。"

不知道？无独有偶。我以为只有我没有方向，真是缘分，我心里想。

"我也没想好，不如我们结伴吧。"

"好啊，哪一站下车呢？"

"下一个出站口，不见不散。"

出站口人山人海。人去站空后，只剩下两个人。

两个人几乎同时笑出了声，原来对方是踩我手机的美女。

美女说："帅哥，真是不打不成交，你说咱们这缘分是不是可以评选个年度最蹊跷幸福奖啊？"

"幸福奖？你也登录那个网站？"

"嗯嗯。"

"那你也是……"

美女做了个嘘的动作，只可意会，不可言传。

心领神会。

我牵着她的手往通道里走。从抓住她的脚到牵着她的手也就一站地的时间，难道冥冥之中有安排？难怪网站说，每个上路的人都不会孤单。

女孩落落大方，毫无防范之心，很顺从地跟着我。在外人眼里，我们俩俨然是一对相亲相爱的恋人。通道里很热闹，歌手、画匠、剪纸艺人、小商贩都在忙活着招揽生意。

我迅速搜寻穿白色衣服的人。一个护士吸引了我，她坐在通道一个角落里，怀里躺着一个男孩。男孩好像奄奄一息，护士面无表情。这个护士正是我要找的人，想必也是跟我同行美女要找的人。我上前说："护士美女，您就是赐予密码的那个人？"护士一言不发，颔首低眉。我俩跑过来，蹲在她的前面，她很熟练地分别在我俩的脑门上摁了两下。脑门很疼，抓住我手的女孩大声尖叫了一声，显然她也很疼。

然后，护士伸手指了指出口，我和女孩迅速离开。在通道的镜子中我看到自己的脑门上有一个圆圆的红色印章，仔细观察图案是两根交叉的骨头上擎着一个骷髅图案。我下意识地回望了那位护士，瞬间魂飞魄散。

我看到了护士的三分之二的侧影，是由她身体的前、后两部分组成。前半部分一切如常，后半部分隐约可见她身体的生理结构。就像一枚苹果的解剖图，苹果的前半部正常，后半部裸露着内核和种子，一切清晰可见。再看一眼躺在护士怀里的男孩，脑门也有一枚跟我们相同的印章。

我这个平日素以无神论者自居的男人双腿开始打颤，再回头时，护士和男孩消失了……

我和女孩不约而同地撒腿就跑。在出口，被一个门卫拦住去路，他说："头上有密码的到这边就得听我安排，沿着这条路往

我是你眼里的一尾游鱼

前走不要回头，前面就是通向幸福必经之路……"

我们俩一直走到路的尽头，眼前出现一个类似缆车的装置，下面是万丈深渊。对面有一个人好像负责接应，他站在那里，沉默不语。其实，这不是缆车，只是一个设备，那种貌似有机关的设施。我俩互相看了一眼，已经不能回头。我和女孩坐上了缆车。对面那个男子大声喊："出发前，你们可以随便说最想说的话，想好了再说。记住，只有一次机会……"

我说："我三十岁，工作努力，收入一般，炒股赔钱，网贷被骗，我想知道那个密码，想为家人找到幸福……"女孩说："我大学毕业，没有工作和收入，情场失意，父母病重，我也是来寻找密码的，网站说了，来到这里的人都能体会到幸福的滋味……"

话音刚落，缆车腾空而起，像一条蛟龙，蜿蜒盘旋。它不同于普通的缆车，更像是在蹦极、过山车，又像我曾经玩过的可以自转和公转的大摆锤……我感到胸口翻江倒海，五脏六腑要吐出来……恐惧、刺激、放松、自由，"集千般宠爱于一身"，我闭上眼睛，张开双臂，仿佛是一只自由自在的鸟儿，瞬间所有的压力全部释放，我希望时间永驻、岁月凝固……

缆车在至高点，真的凝固了。那一瞬间，我的身体是空的，思想是空的，灵魂也是空的。像一具行尸走肉被倒挂在空中，这就是通往幸福的必由之路？

一声巨响，高速飞转的缆车坍塌了。那一瞬间，我突然觉得以前种种的不如意，是那么得微不足道。

我笑了，我终于找到了幸福密码，我的身体向美丽的山谷下跌落……

◀ 墙
……

我用了一天的时间把一个月两千元的工资（钞票）全部贴到了墙上。

我又把提前在网上定制的双面透视的门镜安装完，这不是普通的门镜，是从室外看室内更清楚的那种，花高价定制的。

一切都如我预料的一样。

下午，门庭若市。

但凡经过我房门的，如物业的、打扫卫生的、送快递和外卖的、甚至连去邻居家找错门的，都对我表现出浓厚的兴趣。他们敲门后说的一句话就像商量好了似的，都是："先生，有什么需要帮助的吗？"

而我除了窃笑外，不作任何回答。我已无法回答，一场大病让我失去了基本的语言交流能力。

门外嘈杂一片，不停地有人敲门。急促的、舒缓的，节奏均匀的，敲完踹两脚的……先后离去。我不打算给他们开门，我宁愿沉醉其中，已经三年没有这么热闹了。此情此景，可以让我尽

我是你眼里的一尾游鱼

情地回顾和享受。

最终，我选择了一个温和而又文明的敲门声，我打开了门。入室后的他显得有些兴奋。

他那左上眼皮有个瘊子的眼睛不停地东瞅西望，像在寻找什么，最后他的眼睛牢牢地定格在我的墙上。

随后，他滔滔不绝地自我介绍："我是爱美特净水器公司免费安装净水器的。净水器白送，只收滤芯一百元。第一次滤芯是免费的，但是安一次押一次，本次换完，还得交一百元押金，每三个月换一次，能保证家庭饮用水的洁净度……"

不等我反应，他拿出了营业执照、涉水批文、工作证、介绍信给我看……最令人佩服的是，他同时拿出了我所居住社区居民集体签字申请安装净水器的请愿书……我呆呆地站在那里，他有效地回避了所有我要问的问题。换言之，他做了精心的准备。

他安完后收钱走了。临走前，狠狠地盯了一会儿我的墙。

此后，断断续续的敲门声不绝于耳。而敲门声对我而言，无疑是一种诱惑。

一周后，敲门声依然很文明，我再次打开了门。这回来的是一位女性。

她长长的披肩发、精致的高跟鞋与她极其健硕的身材有点不太相称。浓烈的口红，身上散发着明显劣质的香水，熏得本来站不稳的我一个趔趄接一个趔趄。

"先生，我今天是来送健康的，我这个产品是来自澳洲纯天然零添加产品，对各种亚健康身体状态有全面调节作用。有病治病，无病防身。"

她的声带有点特别，像在夹着嗓子说话，怪异而神秘。乍听有点耳熟，但我确实不认识她。

她给我讲了一大堆保健品的神奇功效，听得我脑洞大开。我用准备好的笔，在本上写道："你简单说吧，多少钱，可以把产品留下来，你离开。"她说："一千元。"我付给她钱后，她讪讪地走了。

我在安静中度过了一周。

同样的手段、同样的心情，我同样地给敲门人打开了门。

这次来的是个老妇人。我惊讶于上次时髦女郎和老妇人的身材出奇得相似。

她开门见山："我是卖健身器材的，看上去你也是病人，买一个吧，我和老伴就买了一个放在家里，每天躺上去按摩四十分钟，各种疑难杂症都能得到缓解。"不容分说，她打了个电话，一个男子扛着尚未拆封的一个纸壳箱子破门而入。我才发现，门原来是虚掩着的。

这是笃定卖给我的架势喽！

我在本上问了价格：五千元。

我表示现金不够，她说没关系，可以拆掉墙上的钱。不容分说，老女人一声令下，那个男子踩着凳子开始肆无忌惮地拆解我精心贴在墙上的那些钞票。

拆钱的瞬间，老女人大大的黑墨镜啪的一声掉在地上，她慌乱地捡起来，迅速戴上。

但那一瞬间，我还是看到了他左上眼皮的那个瘊子。体型、长发、眼镜、频率高度一致的敲门声……啊？原来……

等我反应过来时，他们已经走了。令我感恩的是，他们除拆了墙上的钱，并没有抢走我的钱包和其他。

墙面恢复了原状，也恢复了落寞。寂寞和孤独再次毒蛇般啃啮着我的灵魂。

此后，寂静如初、门可罗雀。

但我还是在一个充满瑰丽色彩的黄昏，把我那扇光洁如初的墙，再次贴满了粉红色的钞票，不同的是，比上次多出来许多张。

（发表于《天池小小说》2018 年第 9 期）

◀ 五号候车亭

　　曾凡墨抓着我的手，拼命逃跑，刚才的一幕吓得我俩灵魂出窍。

　　可是，一位少女手拿长矛挡住了去路。她身着青灰色的铠甲，脚穿战靴，灰白色的头发上戴着两个犄角发卡，怒目而视："狗男女，本姑奶奶在此恭候多时了，你们去哪儿了，又要到哪里去？"

　　惊魂甫定。

　　这不是局长家的千金小毛毛吗？前天还是纤尘不染的仙女，今天怎么变成桀骜不驯的小妖魔了？

　　我与曾凡墨对视了片刻："丫头，别胡闹，快闪开，我们有正事，你耽误不起！"

　　"好你个有正事！这都正到'手拉手，肩并肩'了"，小毛毛指着我俩的鼻子，"瞧瞧你们，伤风败俗！给你们五分钟的时间，把衣服整理好，别让我看着恶心……"

　　说完把长矛往地下一扎，双手抱臂，脑袋扬在一侧，满脸的不屑与鄙夷。

我看了曾凡墨一眼，发现他衣衫不整、蓬头垢面，各种探铲、探针斜挎在肩上，凌乱不堪。再看看自己，不差毫厘。难怪她骂我俩是狗男女。

我们必须马上赶回去，对讲机坏了，手机没信号，刚才那一幕实在是惨烈至极。人命关天，刻不容缓。

我抓住曾凡墨就跑。没想到，呼啦一声，小毛毛身后一大堆人仿佛从天而降，一字排开。令人惊诧的是，他们手里的不是长矛和短剑，而是现代化的长枪和短炮。这些人金发碧眼长鼻子，是外国人，冲在最前面的那位竟跟当代英国探险家贝尔格里尔斯神似。

我咬咬手指，不疼，原来是梦。我说："不用怕，是梦。"结果，曾凡墨大声惊叫了一声，说："你干嘛咬我？"我才知道，我咬错了。

"对不起！"我拉着曾凡墨继续逃亡。小毛毛和她的"护卫兵"疯狂"围剿"，她说："凡墨哥，我可以放你走，但前提是，你必须在明晚五点五分在镇江路第五公交车站的候车亭等我，有一个秘密……而且你必须跟她分开！"小毛毛嫌恶地剜了我一眼，醋意大发。

我迷离恍惚。我和曾凡墨是 D 城考古研究所的骨干考古队员，在一起是工作需要。我问曾凡墨："你跟小毛毛是怎么回事，候车亭又是怎么回事？"

曾凡墨很震惊："毛毛，你吃错药了吧？怎么说疯话？什么秘密？简直是无稽之谈！要么让开，要么帮我们给你爸爸打个电话，你的手机功能强大应该有信号。"

"呸，想得美，今天如果不答应我，你们休想从本大小姐身边出去！"

曾凡墨拉着我就跑。

"突突突突……"对方开始射击。我大喊："毛毛，不要，会出人命的。曾凡墨，趴下！趴下！"

我俩就势十八滚，希望能幸运地躲过这道劫，可惜在关键的一刹那，曾凡墨的胳膊受了枪伤。

我搀着他，眼巴巴任由鲜血汩汩流淌："曾凡墨，你没事吧，坚持到对过的马路上就有医院……"

"凡墨哥哥，对不起，我不是故意的，你看你来都来了，为啥不能多陪我一会儿呢？十年前你……"小毛毛痛哭起来。

曾凡墨无奈地摇摇头。

我们逃到医院里。医生给曾凡墨处置时，我挂了个电话："局长，我是狄一鸣，我和曾凡墨昨天发现一个古墓群，大大小小、错落有致……"局长说："好样的，那我马上派人过去，具体位置在哪里？"

"局长，您听我把话说完，那个墓地里还有两个活人，他们赤膊上阵，满脸血迹，像是刚刚打斗过，危在旦夕……"

"啊？他们是什么人？"

"貌似盗墓的。他们误认为我们来抢生意，跟我们撕打起来，我们俩拼命才逃出来的，他俩自相残杀，奄奄一息，需要解救……"

"怎么早不汇报？"

"一直没有信号。还有就是……"

"就是什么？

"你家小毛毛在家吗？她……"

"她，怎么了？她昨天打听你俩的行程，难道她……？不对啊，昨天好像张罗聚会呢。"

"昨天有个女孩跟毛毛很像，但穿戴截然不同……"

"嘎？有这事？看我回家怎么收拾她，我现在马上派人过去找你们。"

……

就这样，由我带路，全局所有专业队伍加上医疗队全副武装浩浩荡荡出发了。来到古墓群，顺着甬道走入墓穴。借着微弱的探照灯光，看到两个盗墓人面目狰狞，抱在一起，已经气绝身亡。我们又看到墓穴墙面有各种壁画，活灵活现，呼之欲出。

突然，一组图案进入眼帘：一个女孩，灰白头发、犄角发卡、长矛铁甲战靴，身后一帮奇形怪状的外国人……

这分明就是昨晚上的那个小毛毛！怎么会出现在这里？恍惚间，文物队长下令暂时封库，原路返回。

返回后，我同伤势稍微好转的曾凡墨去了局长家。

"阿姨，毛毛回来了没有？"

"什么回来了？她一直在家啊，昨天开生日 party 到半夜，刚睡着……"我和曾凡墨愕然。局长的脸始终没有开襟。

我俩闯进卧室，床上的女孩安详地熟睡："毛毛……是你吗？"

女孩睡眼惺忪："是我。哥哥、姐姐，你们怎么来了？"

"毛毛，昨晚上你真的没出去？"

"去哪？怎么了？姐姐。凡墨哥哥你的胳膊怎么了？今天能陪我出去玩吗？"

"改天。"

我俩来到镇江路五号候车亭，不偏不倚，五点半。

这是一个普通得不能再普通的公交车候车亭。长椅、雨沓、宣传画……曾凡墨的眼睛鹰隼般仔细搜寻着雨沓下每个缝隙。他发现一个精致的塑料扁盒。盒内是一张图：一个男孩和女孩，一个生日蛋糕，一串五线谱。一行有些模糊的字："你终于来了，你定是十年前为我在此扛琴挤公交的那个男孩……你有义务也必须看好我的那座新房子。否则，我对你不客气。嘻嘻……"

亦真亦假，如梦似幻。

我俩失魂落魄。

路上行人窃窃私语："看来，他俩还……当年，已经停车的大客突然起火，关键时刻找不到锤子。结果，一个女生为了返回车内救男朋友被大火活活烧死……"

天空突然一个炸雷，下雨了。

◀ 对不起

我是带着使命来的。

我小心翼翼、虔诚地捧着那束鲜花，气喘吁吁地爬到了人体奥秘博物馆二楼。虽然禁烟，但敏感的我依然嗅到了来自博物馆特殊的气味。我干咳了几下，还好没有血。

在这里，陈列着形形色色的人体标本。和以往不同的是，他们没有被泡在福尔马林的药水里，而是被做成木乃伊，造型千姿百态。

我瞬间被一组器官所吸引。

我看到一个拥有三十年以上吸烟史的癌变的肺脏。大量的焦油导致肺脏的颜色暗紫至黑，间质和血管壁增厚，组织严重纤维化，上面布满了大大小小的黑点……

一直知道癌症很凶险，但那是理论上的，今天看到被癌细胞侵袭的脏器着实让我震撼。特别是与旁边那个光洁如初、健康的浅粉色的肺脏相比，更加令人唏嘘慨叹。这是我曾经无法想像的。

同样受之父母，因为他的承载者给予了不同的人生际遇，结果完全不同。

我有些悲戚。

一年前，父母痛苦地与红十字会联络的情景浮现在眼前。他们一脸的悲怆和绝望，无时无刻地撕咬着我，让我对这个世界充满了无限的眷恋。按照既定方案，红十字会派出了最精干的医疗队伍将我永远地带到了这里。父母哭倒在送我的那条路上。

我已经不能左右任何事情了，就是说，在我签约的那一刻，我已经不属于自己。其实，每个人都不属于自己，只是我醒悟得有点迟。我的今生永远画上了句号，我生命的休止符，终止于那一刻。

在这里，我才清晰地了解到我得肺癌的致命原因。我从十多岁模仿大人吸烟，结果上瘾了，三十年如一日再也没戒掉。专家说，87%的肺癌与吸烟有关。

后来，我跟大夫说，我是否可以安排捐赠的具体事宜。比如，哪个部位捐到哪里、捐给什么人由我来支配。大夫摇摇头，表示遗憾。后来，我就什么都不知道了。

那天我过生日，也是母难日。我想起父母来，可怜的老人家现在有没有人陪伴？我又想到了儿子、妻子，没有我的日子里，他们还好吗？

我趁管理人员不注意，鬼使神差地去了花店，我扔下钱，拿走了一大束美丽绽放的康乃馨。

冥冥中，我爬到了二楼。

我在这个肺脏面前驻足，爱怜地观望。不知为什么，我觉得它很亲切。

其实，我知道，它就是我。这个原本正常、鲜艳、润泽的粉红色肺脏，如此地健康，却被我毫不犹豫地作贱成了怪异的、令人恐惧的怪物，让人心悸。我开始为自己的无知感到羞愧和懊悔。我甚至想透过玻璃窗用我不再光滑的手去温柔地触摸它一下，我还想友好地跟它合影，但都被工作人员制止了。我在心里说，来世，我一定好好善待你，对不起！

我流泪了。

此时，一对老夫妻蹒跚走来，神色落寞而忧伤。尽管他们戴着墨镜，但我一眼认出这是我日思夜想的父母。我快步上前："爸爸、妈妈，你们来了，还好吗？"我递上康乃馨。

"妈妈，今天是您受难的日子，这束花送给您……"

爸爸妈妈面无表情，没有任何反应，淡然地瞥了我一眼，径自离开了。我上前追了几步，又停下来。我突然意识到，他们不认识我了，我们已形同路人。

看着渐行渐远的背影，我的心在滴血。爸爸妈妈，我辜负了你们，我没有权利轻贱生命，对不起！我的无知、顽劣、任性与不懂得敬畏和珍惜，让你们白发人送黑发人，晚景凄凉，我错了，对不起！

我对不起所有的爱我的和我爱的人！

◀ 哭是什么滋味

这人脚丫子真臭，一闻就是汗脚。

昂贵的中药水已经泡了它们足足二十分钟，我还被熏得够呛。透过墨镜，我看见这人与众不同。别的做足疗的人，按摩过程中会完全处于陶醉状态，尽情地享受我的柔指对其双足的爱抚。他呢，眯着眼、眦着牙，似笑非笑地盯着我的脸，心思全然不在他的臭脚丫子上。

我心里正有些打鼓，他的双目突然闪过一道邪光，肥硕的身子很灵敏地弹起来，对我来了个饿虎扑食，以迅雷不及掩耳之势，把我压在地上。慌乱中叮当一声将药水蹬洒了，我的墨镜啪的掉在地上，碎了。

"小妹妹，多大啊？长得还真水灵。"他开始呶着嘴亲我。这时，我才明白刚才刺鼻味道还包括药味、酒味和他的口臭。我挣扎着反抗，可是手脚全被摁住，无法动弹。他狰狞地看着我，说："我啥样的女人都尝过，就是没有尝过瞎眼的。今天，就让我尝尝鲜吧。你说，要多少钱？"

我是你眼里的一尾游鱼

我不知哪来的勇气，脱口而出："我眼睛不瞎，我什么都看得见，我在电视上见过你，你右边脸上有颗肉瘊子……"

这招真灵啊，臭脚丫子被我出其不意的话吓懵了。趁他一愣神，我使劲推开他，爬起来夺路而逃，在门外恰与矮粗胖的老头鱼般的老板撞个满怀。老头鱼说，不好好工作，到处瞎跑什么？

第二天，足道馆的气氛似乎有点神秘和紧张。几乎所有的人对我都爱理不理的，我问比我早一年来的小兰，小兰说："在这个地方，和客人发生点身体上的摩擦是家常便饭，你昨天也太那个了吧？你把老板多年的商业机密泄露了……"说完，摇着头走了。

其实我以前根本没有见过臭脚丫子，也不明白他是什么高级人物。

但是几天后的一件事，让我不得不对他刮目相看。臭脚丫子在市里特有势力，是个什么外来客商，要不怎么能请来各路神仙给足道馆曝光呢？他以一位消费者的身份，在记者招待会上慷慨陈词，说足道馆为了吸引顾客，利用健康人假扮盲人，搞所谓特色服务，行径卑劣，属行业欺诈，既侮辱了按摩师的人格，又侵犯了消费者的权益。他最后呼吁，一定要还消费者一个清白，沉痛得令我几乎跟着落泪。当然，他对于其他细节，只字未提。

经臭脚丫子这么一折腾，足道馆门庭冷落，营业额锐减。老头鱼每次见到我，都恶狠狠地用眼睛剜着我，好像说，你这个丧门星，怎么不让老家伙干了你呢？不过，他在撵我走的那天，还是颇有风度的。他说："我们这里是小庙，担不起你这个大香火啊，这年头，上哪儿找你这样的圣女啊？"

被足道馆轰出来，我欲哭无泪。漫无目标地走在街上，远处的音响商店极其配合我心情似的，放着苏芮的那首经典老歌——《蜗牛的家》，每一个音符每一个旋律，无不刺激着我敏感而脆弱的的神经。

大学毕业后，我执拗地来到这个城市，想通过努力，让鳏居多年的残疾父亲安度晚年。一年多了，足道馆是我第四个单位，下一站是哪呢？我不知道，我只知道，父亲还等着我这月的工资请客送礼办残疾证呢。

我突然想哭了，可是我忘了哭是什么滋味。

（2006 年 6 月发表于《小小说精选》）

◀ 美丽的悬崖

悬崖下朵朵白云如盛开的雪莲，我纵身一跳，渴望落在花蕊里，但跌落的一瞬间，花瓣无情地被风吹散。

——题记

我死了，连同那个未出世的孩子被葬在这里。

荒郊孤冢，衰草萋萋。

我看见你来了。鲜花零零落落地洒在墓碑前，我开心极了，你终于来了——只是在我永远地离开你之后。

我是那样地爱你。

在世风日下、物欲横流的今天，我一如所有渴望爱情的女孩子，沉醉于"弱水三千惟饮我一瓢"的美丽神话里。人生很奇妙，不经意的邂逅，便一发不可收拾地萌生了爱情。父母苦苦的哀求没有阻挡我去看你的行程，我偷偷地带上了他们咬盐积姜为我攒的手术费，义无反顾地赶到你生活的那个地方，有种赴汤蹈火在所不惜的悲壮。医生的叮嘱、父母的劝诫，早被我抛到九霄云外。

于是，我度过了一生中最销魂的快乐时光。

我们逛庙会，拜神仙，吃特色饭，打高尔夫球，还跑到韩国商人的跑马场里骑马，我在马背上吓得大呼小叫，你则威武得像位骑士，我们俨然是童话世界里的王子和公主，过足了瘾。我们挥霍青春、挥霍爱情、挥霍父母的血汗钱，而我，最要命的是在挥霍着自己的生命。

我终于尝到了血的代价。

我躺在床上连呼吸都困难，满身的管子令我非人非鬼，痛不欲生。父母悲痛欲绝的神情，始终在我眼前挥之不去。不是未婚先孕丢了他们的脸，而是我致命的脑瘤因妊娠正在不可逆地恶化，我痛在身上父母痛在心里。我不仅错过最佳的手术期，还人为地加速了自己生命的完结。我饮鸩止渴，对我而言，爱情是一朵美丽的罂粟花。

那么你呢？你又在哪里呢？我是多么想见到你啊！

你深情的目光、浅浅的微笑、凌乱的头发、憨憨的小虎牙和那不容置辩的自信无不令我魂牵梦绕。你的一颦一笑、举手投足早已在我心里生根发芽。可你的电话怎么就变成忙音？我尝试着种种联系方式，你人间蒸发，音讯皆无，你怎么舍我而去呢？这些问题困扰着我，直至死都不明白。我绝望了，比得知患了不久于人世的病情还要绝望千万倍。

我病入膏肓。

那夜，我梦见自己跪在你床前，痛哭流涕乞求你为我的手术签字。像当年杜十娘跪着乞求负心的李甲一样地悲怆，只可惜我没有百宝箱可沉，唯一的积蓄是那一沓沓数不清的病志、药方和收据。而你却毫不犹豫地拒绝了我，一如所有的薄情郎拒绝痴情女一样。

还是父母为我签了字。术后醒来时，我便被葬在这里，我摸摸小腹，我们那个未来得及出生的孩子冰冷地还在。

我看到父母兄弟姊妹们呼天抢地的悲痛呼号，我劝他们才发现，我们已经人间阴阳两重天了。

……

这个世界很好，没有纷争。

那些类似我命运的姐妹们正在准备为我们即将出世的宝贝接生，那首天籁之音《when a child is born》缠绵伤感、如泣如诉……

隐约见你已走远，蓦然发现你身边多一人。我揉揉眼，的确没错，显然她是陪你一起来的，你们相拥着远去，俨然出门旅游的新婚燕尔的小夫妻，当她不经意转身的刹那，我愕然地发现她隐约隆起的小腹。

我眼前一黑，只看见悬崖下滚滚而落的花瓣……

（2006 年 3 月发表于《图们江新报》《吉林电力报》）

◀ 我是我自己

我看不清女孩的长相，只能大致看到她修长的五指转来转去，像在把玩古董。开始我很纳闷，后来刺眼的光芒让我瞬间明白，她是在欣赏带钻的美甲。她看都不看我一眼说："身份证、介绍信、单位证明、红头文件……"

我小心翼翼地双手呈上去，钉立在原地。女孩瞟了一眼，说："你的身份证和介绍信上出生日期不一致，一个是10月，一个是1月。"我仔细分辨了一下，果然如此，我自己也弄不清哪个对哪个错。我钦佩女孩的秒读能力，我说："证件对不上，但照片和我是一个人，你看看我。"然后，我天真地在女孩面前晃了晃我这张老脸，说，"我就是我。"女孩看都没看我一眼说："我们只看证不认人，你回去重新开吧……"

说完，继续舞动她那光芒四射的手指，美妙的动作让我想到了跳孔雀舞的杨丽萍。

返回的路上，我想原来都是家人代理的，后来救助部门说必须本人来，当时我正住院没时间，现在我有时间了，证件却出了问题，运气可真差。

我先去开介绍信的社区，社区说他们没错，是身份证错了，我又来到公安局办证大厅，我使劲揉揉眼，依然看不清工作人员的脸，自然无法揣测他们的表情和态度。记忆中家属老说他们态度不好，看来耳听为虚，眼见为实。我说明来意，工作人员开始给我查底案。

在焦灼的等待中，窗口聚集了好多人，虽然脸看不清，但是讲话和气场足够让我判断出其中一定有领导，至少是副科级以上的。他们窃窃私语、议论纷纷，看我像怪物。那个领导模样的人对我说："老大爷，你来干什么？"我说："我的身份证和介绍信生日不符，能不能改一下或者重新办一个……""哦？"他们相互看了一眼，"是这样，大爷，您的户口和身份证信息我们系统里查不到，我再去省信息库里查一查，您留个电话号码吧。"

留完号码我匆匆回家，家里光线很暗，家居摆设似乎变化很大，不到一天，我感慨儿女们改造房间的速度和效率，这是我曾经没有发现的。

老伴坐在沙发上很热烈地同一个老头聊天，表情就像在跟我聊天一样。儿女们看电视、包饺子、放鞭炮，其乐融融，我还是看不清他们的脸。

我想，如果救助款下来，我一定买点保健品恶补一番或者做个白内障手术什么的，改善一下我这越老越差的视力，我谁都看不清，这怎么能行！

我说："我没办成，老年补贴和救助款没领出来，因为证件有问题，你们去领时有没有这种情况？记得你们说，他们要求必须本人去，怎么本人去了还查不到信息，现在这些部门办事效率还是这么低，各行各业都如此。否则，我的病也不能迁延不愈，治疗了好多年。"

说了半天，大家仿佛什么都没听见，没有任何反应。然后，他们开始煮饺子、吃饺子、放鞭炮，有说有笑的。看到饺子我感觉到饿了，也坐下来吃，我夹一个放在嘴里，马上吐出来，因为那不是饺子的味道，分明在是咀嚼小时候点燃的蜡烛。

我愤愤地骂了老伴，挺好的饺子让你们包成这样？成心不想让我吃啊？

不管我脾气多大，他们都没有任何反应，我想可能是没领回来救助金不屑于理我吧。

于是，我出了门。

飘飘忽忽来到一条似曾相识的马路上。车水马龙，天空中不时地飞舞着黄色的花朵，多如雪片。我的视力逐渐恢复，视野开阔了许多，我感觉到从未有过的放松和惬意，甚至心旷神怡。不知不觉，我来到一个房间，里面有很多类似大型超市的货架子，很多盒子鸟笼般一排排摆放着，我的视力完全恢复。突然，我看到了我的照片，照片上的我笑得很灿烂，正是身份证上的那张，只不过是黑白的。我终于可以证明自己了，我用起手机咔嚓咔嚓拍了几张，我要给他们领导看看，这就是我身份证的翻版啊。

我迅速离开，来到一个室外的空旷园子，园子很安静。

隐约飘来了哭泣的声音，空灵而苍凉。我走着走着，突然有了新的发现，这个发现着实令我吃了一惊：有一个长长的牌子矗立在那里，上面不仅有我的照片、名字、出生年月，还有一排醒目数字：2016 年 5 月 5 日立。

这个日期我不陌生，那天，全家人呼天抢地哭成一团。我看看手表，今天是 2017 年 5 月 5 日，恰好一年，竟恍若昨天。

我住院时没时间，等我有时间了，也找到身份证了，却无法证明自己。

但我坚信，我是我自己。

（发表于《金山》2017 年第 12 期）

◀ 一千年以后

在奈何桥尽头的望乡台，笑容可掬的孟婆，端着用前人的眼泪和彼岸花熬制的热汤，笑盈盈地向我走来："姑娘，怎么打扮成这样？看你眉清目秀的，这碗汤就送给你喝吧。你的前世今生所有的爱恨情仇、浮沉悲欢一笔勾销，来世一定擦亮眼睛，找个好人家啊……"

孟婆汤上面浮动着星星点点美丽的彼岸花瓣，香气氤氲。我把唾沫咽了回去，狠命地摇头，苦笑着："婆婆，我不喝，不能喝，我，我要寻找回去的路。"

孟婆没给我用刑，拍拍我的脸，解开我胸前的衣扣，点了一个酒窝和一颗红痣。其实，红痣早就有。

"姑娘，你不喝汤，是有未了的前缘，你必须跳入望川河里修炼千年，才能轮回转世……"说完，她把我推进血黄色忘川河的滚滚波涛里。

我是有未了的前缘，但是我不想修炼。我趁着魑魅魍魉打盹时，爬到了岸上，急不可耐地、贪婪地搜寻着来往的每一个人。

那个人终于出现了。

他行色匆匆，东张西望，好像在找我。我大喊："王长林，我在这儿。"他没反应。

我用手在他的面前晃了晃，然后做了一个我们经常表演的那个舞蹈——《一千年以后》经典的谢幕动作。他依然故我，继续往前走。我又喊："王长林，你不认识我了？"

可是，我只能张嘴，不能发声。

我想起了孟婆给我做的记号——酒窝，我指了指我的酒窝，结果他依然没反应。

我忽又想起我前胸上的那颗红痣。

我迅速撕掉已经被鞭打成碎条状的衣服，露出红痣。不料，乳房也随之喷薄而出。我身后的两个恶魔怒斥："臭女人，都什么时候了，还来这套……"一顿拳打脚踢。

我和王长林四目相对，我激动得指了自己，又指向他，然后摆摆手，心里说，别喝孟婆汤，我们回家去，你说过我们的恋情是三生三世的。

王长林看了我一眼，不为所动。我大哭起来，我这颗心形的红痣、凝脂般的皮肤，是你多么熟悉的记忆。怎么，今天形同陌路呢？

那天在影剧院，随着林俊杰的歌声响起，我们俩正在表演舞蹈——《一千年以后》。快结束时，影剧院突然失火，滚滚浓烟中我怎么也看不到你。但我坚信，你爱我胜于你的生命。你曾在我父母立遗嘱前信誓旦旦说："今生今世，不，哪怕是来世，我和小鹿子永不分开……"

"你知道，为了你，我……"

我眼巴巴看着王长林远去，心像被扎了一刀。我看着他喜滋滋地把孟婆汤一饮而尽。

我生不如死，不，我已经死了。

我开始后悔没喝孟婆汤。现在，我只能凄凉地在忘川河里受尽虫咬、火烤、鞭打等各种酷刑，再修炼上一千年。

……

第九百九十九年的那个夜晚，忘川河最大的凶神恶煞激动地对我说："小美人儿，如果做我的老婆，我就让你修炼成仙，陪我喝酒聊天跳舞就成……"说完，使劲在我的脸上掐了掐。

"呸！"我吐了他一脸的血水，"做你的春秋大梦吧。"可想而知，换回来的又是一顿毒打。

我擦擦嘴角的血迹，上路了。

我来到了人间，找到了我生活过的那座城市。我只能趁着月色踏上漫漫的寻觅之路。

寒冬腊月。我来到北方的一家小院，院里香气扑鼻，像极了小时候妈妈做的小鸡炖蘑菇的味道。我饥寒交迫，一溜烟钻进了里屋，一个孕妇在痛苦地呻吟，在一声婴儿的啼哭中，我降生了。

爸爸妈妈很开心，把我视若珍宝。

五年后的清明节，他们带我去祖坟祭拜。

远远地看到墓碑旁堆满了一束束鲜花，一个人在那里不停地烧香、作揖、磕头。发现我们，他想离开。

"你站住，你是谁？为什么来这里，你祭拜的是谁？"爸爸妈妈异口同声喝斥道。

那个人哆哆嗦嗦地说："我也不知道我是谁，我是罪人，我有严重心脏病，我就要死了。有一天，我做了个梦，有位老婆婆告诉我，还不能死，我还有没完成的使命，那就是每月要来这里祭拜这个人……我这样做了，心脏竟然神奇般地好起来。对不起，冒犯你们了……"那个人深深地鞠了一躬。

爸爸妈妈说："太荒谬了！以后，你不要再来了！"

"不，先生，女士，请给我最后的机会。"

"你究竟做了什么事？"

"我，我，"那个人眉头紧锁，好像在回忆，突然，他手捂胸口说，"疼……好像，好像一场大火……"

"一场大火、一场演出，一个男主角和女主角，对不对？"

我突然灵光一闪，眼前浮现一个画面：我、王长林在动情地表演，一场大火，我们阴阳两隔……

"那，那个跳舞的女孩呢？"我哭着问他。

"跳舞的女孩？那个人似乎隐隐约约又想了什么。

他说："当时我忙着去后台找那份与文化公司的签约合同，返回时，女孩不见了……后来，听说她死了。后来，我也死了，我已经游走了上千年，终究无缘见她一面……我错了，她是我的学生，为了我，放弃了恋爱十年的男朋友。那天，是他男朋友因爱生恨，纵的火，……罪魁祸首是我，应该忏悔的是我，是我……"

"王长林，你看看我是谁？"

那个人突然抬头，愕然："你叫我什么？王长林？我怎么不记得了。如果没猜错的话，你是先生和女士的孩子？"

"我的酒窝、红痣呢？"

看到他一脸茫然，我真想上去抽他耳光。

那个人摇摇头。

我嚎啕大哭。

爸爸妈妈抱起我："孩子，你在说梦话吗？"我挣脱了父母的怀抱，跳到地上。

此刻，狂风骤起，空旷的山谷里响起了歌声。

"一千年以后，世界早已没了我，一千年以后，所有人都遗忘了我……谁能解开千年的寂寞，我在废墟中守着你走来……"

不约而同地，我和那个人随着音乐翩翩起舞。虽然他的身体已经老态，但舞姿轻盈曼妙，一高一矮、一老一少在黄昏中的墓地里构成了一个神秘诡异的画面。

他就是王长林，而我不是小鹿子。真正的小鹿子安静地躺在冰冷的世界里，已经安睡了一千年。

（发表于《图们江报》2018 年 10 月）

第三辑

幽默讽刺

◀ **精准扶贫**

当黑压压的人群一窝蜂似地裹挟着小草涌入县中心广场的时候，她才意识到，自己混进了一群老弱病残的队伍里。

炎炎烈日下，人与人摩肩接踵。即使露天，她依然能敏锐地嗅到一种特殊的混合气息：汗味、狐臭、口气、老人苟延残喘的令人窒息的喘息声。

上午十点，天气放晴。社区告诉她立等可取，半小时过去了，丝毫没有开始的迹象。小草心急如焚，她有个急件要上报，主任说很重要。对，凡是主任交代的事情都很重要。

她那微妙的自尊心开始作祟，几乎不敢抬头。她戴上墨镜，用手帕纸遮住了脸。不仅仅躲避毒辣的紫外线，还要躲避记者咔嚓咔嚓的摄像头。

此刻，她不希望被任何人发现。尽管如此，服饰、年龄的差异以及胸口鲜红的党徽还是令她鹤立鸡群。

她跟随队伍来到 A 展位，服务人员验明正身后，告诉她找错了，她来到 B 展位，服务人员说得等开幕式。

开幕式上，那位头发油光可鉴的县领导慷慨陈词：县委县政府就是要精准扶贫，就是要实事求是，有的放矢，谁需要扶持谁，谁困难帮助谁。县里财力虽然紧张，但是资金绝对到位，请大家放心，一定要让贫困户、低保户真正脱贫，走特色精准扶贫之路……

前面的大爷激动得耸肩，身后的大娘轻轻地啜泣。随后，又有好几位领导和工作人员分别讲话。

小草被工作人员引领至C展位。C展位可谓琳琅满目，柴米油酱醋茶（当然柴指的是煤气罐）、茶壶水杯电褥子卫生纸等生活用品应有尽有。对于排着绵长队伍的特殊群体来说，无疑是一种不可抗拒的诱惑。

开始登记造册，然后每人如获至宝地拿着有着特殊信息的卡片，在灼热阳光的炙烤下焦灼地等候。

小草脑海里忽然浮出一个画面：战乱、灾荒、地震、矿难……，褴褛的衣服、绝望的眼神、哭泣的孩子、端着残羹冷炙的老人……哀鸿遍野，民不聊生。

小草的心仿佛被锤子敲击了一下。

"下一个，魏小草。"

小草递上卡片。

"你就是魏明阳的女儿？"

"是是是。"

"签字吧。"小草签完字松了口气，终于可以离开了。

"等等，"工作人员说，"我们有工作流程，要合影，还要对着摄像头发表获赠感言。"

小草愕然。犹疑中，身后的大娘说话了："闺女，快点呗，我这老寒腿受不了了。"

小草不敢怠慢。

当那"千呼万唤始出来"的二十斤大米终于和小草见面的时候，记者迅速赶来采访她："姐姐，支持一下工作呗。"

口齿伶俐的小草结结巴巴，她脸憋得通红拱手抱拳，千恩万谢，逃之夭夭。

此时，已是正午。

身后有人喊："快点报 120，大娘昏倒了；快快，谁兜里有糖，大爷低血糖了；有没有救心丸啊，那位大哥心脏病犯了……"

广场乱成一锅粥，唯有喇叭里的宣传语依然柔美有序：精准扶贫，不作秀，不摆业绩，做稳做实做好……

当瘦弱的小草扛着大米气喘吁吁地返回单位时，主任说："小魏，你得交一百元钱。精准扶贫是每一位党员的义务，'在职党员进社区'咱们只能用钱来支持了。之前单位先给大家垫付了。还有，上午让你报的急件就是有关精准扶贫的，下班前务必报到县里去，否则直接影响咱们的年末考核……

大米啪的一声掉在地上，散落了一地。

小草站立在原地，呆若木鸡。

（发表于《金山》2016 年第 12 期）

◀ 捐　赠
·····················

　　在能见度不足五米的偏僻土道上，我打着双闪，来来回回转了足足二十多分钟。雨下得很肆意，雨水如珠帘般，在漆黑的夜色下模糊了我的视线。雨刮器以最快频率刮扫着挡风玻璃上的雨水，但我仍然看不见前面的路。

　　雨夜行车对于一个高度近视且有几分夜盲症的我来说，挑战难度可想而知，我的手心在微微出汗。

　　高德地图导航系统里志玲姐姐不停地发出魅惑的语音："您已到达目的地，您的目的地就在您的右边。"

　　我的目的地是一个破旧楼房。楼房是朋友弃用的，被我当成临时的储物间。我今晚必须取回我的轮椅，我在工作群里认领了为共建社区残疾人捐赠轮椅的微心愿。明天早晨八点准时开展捐赠仪式，我要把一年前跟我朝夕相伴的轮椅捐出去。

　　那是一个红黑相间、多功能、全钢、可折叠的轮椅。

　　腿伤的时候，我坐着轮椅打发寂寥的时光。伤痛让我百无聊赖，我尝试养花、插花、做手工、吹口琴、收拾房间、洗衣做饭，我努力不给家人添负担，尽量做到生活自理……那段时光让我懂得一个真实而残酷的道理：世界上最远的距离就是客厅到卫生间的距离。

我把车停在一个过道处，把导航改为步行模式，我拖着轻跛的腿，一步一步地按图索骥去找楼房：某某大厦附近某某小区 4 单元 3 楼 301 室。

绕过一段土路，七扭八拐，我终于发现了我要找的那栋楼房。内心陡然泛起对朋友的敬意：当时她是如何把我的物什和轮椅一个人运过来的呢？

想着想着，我开始逐一试用朋友给我的钥匙。走廊里没有灯，我打开手机电筒，只听着卡蹦一声，我惊讶地发现钥匙折在了锁孔里。

我打电话给朋友，未能接通，我只好叫来了开锁公司的工作人员。他微笑着说："姐，你拿错钥匙了，是这把。"我讪笑。付完开锁加配钥匙的 130 元后，我推门而入。

我是第一次来这个房间。扑面而来的是一股浓郁的霉味，房间停水断电。借着室外昏暗的灯光，我找到了那把心心念念的轮椅。轮椅上布满了厚厚的尘埃，我去车里取了一瓶矿泉水蘸湿了抹布简单清理了一下，然后使出吃奶的劲抱着轮椅一步一步挪到楼下。由于体积过大，放在后排座位上，一部分裸露在车窗外。

"反正深更半夜了，交警不可能还如此敬业吧。"我心存侥幸。

朦胧中，前面不远处，站着一位交警小哥哥拦住了我的去路。

他向我致礼："同志，请您出示身份证或者驾驶证。"然后，他

我是你眼里的一尾游鱼

拿着一个仪器，对着我的嘴。我张开了嘴，静静地等着下一程序，警察说："请您吹一口气。"我才意识到，这是在查酒驾，而不是做核酸。夜色掩盖了我的尴尬。最后，警察小哥哥说："姐，雨天路滑，下次咱可不能把轮椅露在外面了，很危险的。这次就这样了，下次会罚款的哦。"

我打心眼里钦佩警察的夜视能力。

最终，我把轮椅运到单位，放在收发室里。我给我们自由组合的微心愿小组长发个微信：轮椅已到位，请于明早仪式开始之前，发挥您的强项，再次深度清理清理。然后，我睡了一个安稳觉。那一夜，我睡得很沉。

第二天，我还在睡梦中，组长给我发了一张图片。

清理完后的轮椅风采依旧，全然不像用过的。扶手铮明瓦亮，喷漆完好没有丝毫脱落，在周围的绿植的映衬下格外惹眼。我闭上眼睛，沉浸式感受这一刻，一想到它能帮助到如我一样的残疾人，内心升腾起浓烈的幸福感。然而，这种幸福感仅仅停留了不超过一分钟。当我睁开眼睛，惊讶地发现这个轮椅好像缺点什么，究竟是缺点什么呢？我仔细盯住图片上下仔细打量一番，原来缺两个脚踏板。没有脚踏板的轮椅仅有的功能就是一把椅子，而不是轮椅。我迅速搜寻记忆：我究竟在哪里遗失了两块脚踏板？我大脑一片空白。

"组长，这个轮椅捐不了了。"

我火速赶到单位，距离捐赠仪式还有十五分钟，显然买新的来不及了。

在一片欢呼声中，受赠人逐一登场。我和相关捐赠人将豆油、大米、微波炉、轮椅等所赠物品一一摆放在他们面前。我下意识地用我巨无霸的身体，遮挡着轮椅。紧接着领导讲话、拍照、握手、拥抱。在俯身拥抱残疾的李先生那一刻，我贴近他的耳边，近乎哭着说："抱歉，李先生！您起初答应可以接受的二手轮椅，临时出了点状况，仪式结束后，我马上去买个新的送给您。"李先生抬头望了望我，先是有几分惊讶，随之而来的是满脸的困惑与茫然。

（发表于 2023 年《天池小小说》9 月上半月第 17 期）

我是你眼里的一尾游鱼

◀ 风雪夜

从迪厅返回时，已经是午夜了。家人出去旅游去了，我破天荒和朋友一起过了除夕夜。

天空飘着雪，风卷着雪花落在我的身上，出奇得冷。刚才在迪厅狂欢时的燥热和大汗淋漓霎时消失殆尽。

"呜呜——呜呜——"

在回家必经的胡同口，再次听到那个老乞丐凄凉的叫声。对这叫声我并陌生，半年来时隐时现，我早已司空见惯。我每天都会遇见她：永远蓬头垢面、衣不避体，永远对着你叽里哇啦地乱叫，你却永远不知她在说什么……

当我拐入胡同口，她的叫声异常猛烈起来，凄厉地划过夜空，一浪高过一浪。我一怔：天这么冷，她能不能……

我决定把她拖到楼道里，至少让她安度今夜。今天可是除夕夜啊。

我有点害怕但还是竭尽全力去拽她，她本能地嗷嗷地反抗着，在这万籁俱寂的午夜，格外刺耳。显然，我拖不动，我放弃了。

我必须马上休息，明天还要上班呢。

当我被吵醒时是凌晨两点多，我有点恼火。多年的神经官能症让我无法容忍任何人以任何方式搅扰我的睡眠，中途醒来，意味着彻夜不眠。

"呜呜——呜呜——"

声音忽高忽低，时断时续，还是那样凄惨的叫声。此时，像极了一只受了重伤的垂死挣扎的野兽，发出撕心裂肺的哀鸣。我从窗口探出头去，借着街上寥落的微弱的灯光，隐约看见老乞丐依旧躺在对面的胡同口，刺猬般蜷缩成一团。

先生出差了，我给那个受雇的司机打电话，想让他帮助解决一下老乞丐的过夜问题。司机嗤之以鼻，说："大姐，你太小题大做了！如果这事好办，县里不早就解决了。再说，她是个傻子，又不能说出家人是谁，实在没法安置。你就消停地睡你的觉吧。"

他说得不无道理，但我能睡得着吗？总不至于见死不救吧？她要是在我眼皮底下冻死了，我……

突然，我想能不能给她送条被子，或者找邻居一同把她拖到楼道里，再或者求助于官方……但所有的念头立刻打消了。送被子时，她若是真冻僵了，单不说我害怕，报还是不报警呢，谁相信我深更半夜为一个乞丐送棉被呢？再者，邻里之间老死不相往来，我去找他们，会不会以为我发神经？

我决定报110，当按键至最后一个0时，我又犹豫了，这件事明明不属于110职责管辖范围，我不是捣乱吗？

我六神无主。

耳边"呜呜呜呜"的声音渐行渐远，仿佛飘到另一个世界……

我最终还是报了110，警察的言辞就跟我设计好了一样出奇得一致。

折腾了两个小时，困意上来了，我睡了个回笼觉。

第二天，我送女儿上学。路过胡同口时，我愣了，老乞丐的栖息地，被她捡来的那些破衣物围成了圆圈，周围有好多凌乱的脚印，唯独人不见了……

忽地想起来昨晚，不，确切点说，就是两小时前发生的一切。那个呼号哀鸣的老乞丐哪儿去了呢？被人接走了，还是……

我不敢想下去，猛抬头，一辆警车从我的身边呼啸而去，我疾步追上去，眼前一片迷蒙。

雪依旧在下，银装素裹了整个县城，小城依旧那么洁净。

我在上班的必经之路上，看到了大街小巷悬挂着欢迎上级部门领导莅临指导工作的巨幅标语。

（发表于《图们江报》2006 年 12 月）

◀ 较　量

　　刘副书记这次真的很恼火，从他翻电话簿颤抖的手可以看出来。

　　不管合理的还是不合理的，只要他拨通全县某局一把手的电话，所有的问题都会迎刃而解。对方电话里都是一副毕恭毕敬、受宠若惊的语气。

　　每每那时，刘副书记撂下电话，嘿嘿窃笑几声，在办公室昂首挺胸踱着方步唱起了京剧《红灯记》："临行喝妈一碗酒，浑身是胆雄赳赳……"一副胜利者的姿态。有一次，恰被王秘书撞见，王秘书诧异的神情，令刘副书记第一次在下属面前感到尴尬。

　　可是，今天刘副书记的权威被挑战了，被漠视了。这种挑战和漠视从愤怒变成耻辱，像一团烈焰在刘副书记内心熊熊地燃烧着，烧得他只想骂娘。

　　你想啊，刘副书记可是主管全县安全生产的县级领导，首当其冲直管安监局。往你那安排个人你还推三拖四的，真是狗掀门帘，不识抬举！刘副书记愤愤地暗骂。

　　下班后，他推掉了所有的应酬，破例回家吃饭。

老婆一看老公回来，喜出望外，就好像被皇上临幸一样惊喜得手足无措。

她迅速换上工作服，冰箱冰柜划拉一圈，海参、鲍鱼各种美味应有尽有。儿子在外地读书，只有老两口在家吃饭，实在"撼动"不尽那些美食。

半小时后，四菜一汤粉墨登场。老婆的厨艺是一流的，这也是素有"美食家"之誉的刘副书记多年来对这位"糟糠之妻不下堂"的唯一理由。可是今天，他扫了一眼桌上香甜可口的饭菜，丝毫没有食欲，如同每天看到黄脸婆一样没有感觉。

他紧蹙眉头，不咸不淡吃了几口。突然，电话铃声响了，一看电话号码，刘副书记喜笑颜开。

"贾副区长，唉，是是是，我没想到是这个结果。谁知道他不给面子啊，这不单是不给我面子，更是不给您面子！不就是挪用点公款吗，人家最后积极退还，又没构成什么社会危害。就他老徐假正经，还跟我谈什么四风建设、八项规定，弄得我……是是是，贾副区长，我一定再想想办法，妥善处理这事，一定给您一个满意的答复。"

挂完电话，刘副书记五官开始错位，他擦了下额头上滚落的汗珠，随即挂通了王秘书的电话。

三天后，全县安全生产调度会召开。

刘副书记作完重要讲话后，语重心长地说："目前全县安全生产形势很严峻，各单位要结合实际，积极做好自查，特别要结合'八·三'特大事故以及目前善后情况做好灾民的安置工作和灾后重建工作……"讲话期间，刘副书记不停地用余光窥视安监局局长徐大厚的表情。

会后，他拍着徐大厚的肩膀说："大厚啊，安全生产重于泰山啊，马上县里就开常委会了，好好干，还有提升的空间啊……"

徐大厚返回的路上，脸色铁青，心里翻江倒海：你主管书记咋了？我也不是没给你面子！三年前，你把内弟安排到我们单位，结果呢，他性格暴虐、为人刁蛮，动辄扬言杀这个全家杀那个全家，弄得全局人心惶惶。后来，你又把一无学识、二无技能的外甥女安排过来，除了上班惹是生非、不务正业不说，还在电话里公开向同事老婆叫板，害得我天天接待上访家属。最要命的是，上次你朋友家的儿子，我好不容易给他安排到石头镇煤矿，在基建工作中，他却擅自违背操作规程，致使塌方，幸好只有三人受伤，要是死人我都难辞其咎啊。你还好意思跟我提"八·三"呢，不都是拜您所赐吗？这次，你竟然让我安排挪用公款。省巡视组天天驻扎在这里，查出问题你们谁不是比兔子跑得还快？谁不是把自己摘得像扒完的大葱一样一清二白的？找我当替罪羊？还是算了吧，我今天猪八戒摔耙子，不伺候（猴）了！——我还想过一个安稳的晚年呢。

想到这，徐大厚的脸上现出了由衷的微笑。他的眼前浮现出正在咿呀学语的小孙女蹒跚学步的可爱模样。

第三天，县常委会召开，徐大厚因病缺席。一个月后，他辞去了领导职务。

三个月后，刘副书记因群众举报被免职；一年后，贾副区长滥用职权被停职接受检查。

◀ 我是谁
·······················

不知何时起，我已记不起我是谁。

我在镜子里仔细端详自己：瓜子脸、杏核眼、高挺鼻、樱桃嘴，分明是按着黄金比例完美地搭配在一起的。明眸善睐、唇红齿白，是个标准的美人胚子。难怪十年前的大学校园里，我是那么得炙手可热，经常被一些情窦初开的男生众星捧月地前呼后拥着，确切点说，我是他们魂牵梦绕的梦中情人。不为我的美丽所打动的只有一种人，那就是生理和情感上都有缺陷的人。

尽管如此，我仍然感到镜中的我是那样的陌生。发现这一点，我有些惊诧和不安。

究竟在哪儿错过自己的，我不知道。我用力掐了掐自己的脸，有点疼，又本能地揣摩了自己的身份：雪芙蓉，研究生学历，某大学技能老师。那我显然不是失忆了，但我还是找不到自己。

······

两年前的某天下午。

道貌岸然的校长把我叫到他那装潢考究的办公室里，义正辞严地痛斥我的种种不是。

什么打扮得过分招摇、妆化得过分媚俗、同事关系过分紧张、与男教师接触频繁、勾引某班小男生、独身这么久为什么不结婚"等诸如此类的，罪名罗列了一大筐。

我说："穿衣戴帽各好一套，同事疏远是因为志不同道不和，男教师喜欢接触我是他的自由，小男生暗恋我可能缺乏母爱，至于我为什么不婚，纯属个人隐私，谁也管不着……"

此后，针对如出一辙的莫须有的罪名，校长还找我郑重地谈了无数次。虽然我极为反感但还是遵循他的谆谆教导收敛了一番。毕竟人在矮檐下嘛，还是要注意点影响的。但是，以校长为首的领导班子依旧不依不饶地找我的种种麻烦——我甚至怀疑史无前例的那场运动又回来了……

校长最后找我那次，一反常态，温柔得就像初婚的新郎对待新娘一样拍着我的肩，俯身将那张略带浮肿的脸凑到我的面前："……雪芙蓉呀，俗话说，识时务者为俊杰，你那一套太书生气了，毕业这么多年还这么不开化？上次提拔艺术系主任时，你本来是最佳人选，知道为啥被拿掉吗？实话跟你说吧，班子会研究的关键几天，你遇见我连眼皮都不翻；我那次腰扭了，全校上下连临时工都来看我，唯独没有你，你以为你是谁啊？！你是省长的亲戚，还是市长的旁系？你什么都好，就是太孤芳自赏，每天摆出一副"世人皆醉我独醒"的傲慢姿态。你高傲也不要紧，要紧的是你还是个漂亮的女人，漂亮的女人也无可厚非，但你偏偏是个独身的女人，你想想，你的麻烦能少了吗？"

校长说到这，突然变了脸，他背着手、踱着步，意味深长地说："最近，我马上要到海南开研讨会，就俩名额，我们已经研究决定了，派你去，我带队。今天回去马上收拾一下……"然后，急

我是你眼里的一尾游鱼

不可耐地用那汗涔涔、油腻腻的五短的手指，在我凝脂般的脸上用力掐了掐，得意地嘿嘿了两声："这次我不仅要学到经验，还要全面开发开发你啊，有一个领域你是个空白啊，哈哈……"然后，递给了我一张机票。

短短几分钟，他让我完整地欣赏了一个衣冠楚楚的资深校长到一个流氓政客的精彩的过渡——那样的自然与和谐。

两天后，我义无反顾地跟他飞走了——带着飞蛾投火的悲壮。

一路上，我回顾了十年来坎坷的职场生涯、波折的生活、不公正的待遇，还有世俗的冷言冷语……

从海南回来后，我摇身一变成了学校的红人。陪领导们大江南北的考察游玩成为家常便饭，我晋级提干分了三居室的套房，年终岁尾我都是先进，甚至还堂而皇之到省里做行业交流。我脱胎换骨，变得那么有亲和力，在他们眼里，不再是那个孤傲清高的雪芙蓉了，由先前的刻薄和冷眼，换成了如今的友善和尊重，甚至羡慕和嫉妒。就连那个极力阻挠我入党的处长，逢年过节时也给我送礼了，他成了我今生首次"受贿"的行贿者和见证人……

在耀眼光环的映衬下，我的日子异常惬意和平静，再不必为柴米油盐奔波劳碌，不必为前途担忧。我容光焕发、风姿绰约，女人味十足，每当看到镜子中的我花朵般绽放时，不知为什么，我的内心总有一种无以复加的失落和痛楚……

我是谁？我找不到自己了。

（发表于《天池小小说》2006年第8期，2018年收录于《21世纪延边作家协会汉文作品集》）

◀ 我想减刑

其实，我就是欧亨利笔下的流浪汉苏比。但我比他幸运的是，在隆冬来临之前我如愿以偿地入了监狱。

那个红光满面的监狱长叶菲姆一步三晃地向我走来。

他剔着牙，翻着白眼，"嘎，嘎"打了两个响嗝。然后，趔趔趄趄凑过来，皮笑肉不笑地看着我。我后退了几步，他险些扑了个空。但还是前倾着肥胖的身子轻轻地拍了我的脸，那造型分明就是一只肥硕的大肚皮企鹅。

他幸灾乐祸地说："臭小子，今年这是第几次了？第几次了？"

"第四次。"我骄傲地回答。

"想住多久啊？"

"长官说得算！"

"好啊，亏你记性好！以后在这里要乖一点哦。"

我当然会乖一点。

不出意外我要住到来年开春，省房租费不说，吃喝不愁，什么都不耽误，这是我求之不得的。

第二天，我早早起床来到厨房做帮手。这个监狱管理比较人性化，只要不是十恶不赦的重犯、要犯都可以力所能及地参加义务劳动。煮牛奶、蒸面包、做火腿或者搞卫生，就可以在用餐时多分一些。对我来说，这是何等地重要。

正当我尽情享受赠送的面包和牛奶时，一个彪形大汉怒气冲冲地闯进来啪啪给我了两个耳光，打得我眼冒金星，牛奶洒了我一脸。

"你把瓦连京送到监狱，你高兴了？得意了？他不就是问你要几个卢布吗？你给他不就完了吗？他一个残疾人以前一直这样，都没惹什么麻烦，怎么碰上你就倒霉了，现在被抓进来，你舒服了？舒服了？！"

"瓦连京是谁？你又是谁？你凭什么打人？"

对方再次踹了我两脚，我倒在地上。

我突然意识到，此人应该是昨天跟我找茬打架的那家伙的家属。意识到这一点，我气不打一处来，挣扎着站起来。

"我说长官，那是我给父亲的救命的医药费，本来马上汇走的，他竟然来抢？更何况，他本来从另一条路走，却突然冲着我来了。如果他客气点，我可能会分给他一部分钱，可是上来就像强盗一般，挑衅、骂人、攻击……那小子是你什么人？"

"他是我弟弟，小时候因为救我掉入深井变成了残疾，本来我打算养活他，没想到经济萧条，找不到工作……"说着，他竟然呜呜地哭起来。

"你弟弟？那他变成抢劫犯，你这当哥哥的有责任啊。"

"你，欠揍！"大汉手悬到半空中想再次打我，被狱警们"请"

出去了。

我擦了嘴角的血迹，并不打算追究，也无力追究，我能在这里安稳地度过冬天，也算是幸之又幸了。

我急于知道父亲的病情，悄悄地借了狱警的电话，拨通了母亲的电话，母亲哭着说，父亲的病情出现反复，情况不乐观，让我尽量赶回去，还问我工作顺不顺利。

我沉吟片刻："很顺利。"

撂下电话，我突然特别想见一个人。

可是，他像故意吊我胃口似的，再也没有来过。我按照流程，申请见他。

见到他，我有点激动。

"叶菲姆先生，下午好！"

"你好，臭小子！"

我不知道监狱长天生好脾气还是只有见到我，才有好脾气。总之，看上去他总是兴高采烈、神采飞扬，就像他的名字一样热情而阳光。他表情夸张地说："你有什么事？"

"我想减刑。"

"你个臭小子，那天刚进来时看把你骄傲的，怎么又变了呢？"

"我有特殊情况，请问长官怎么样才能减刑？"

叶菲姆一听，从凳子上弹了起来："想减刑啊？哦，你让我考虑一下，考虑一下……有一个最直接的办法就是……就是……"监狱长故弄玄虚。

"就是什么？"

"就是你把你们国家所有土特产的底价和行情给我摸清，顺便再拍几张辖区的风景照发给我。事成之后，你可以随时抬屁股走人。"说完，他犀利的目光像一道冷剑，射在他书桌上的古玩和蜜蜡上。

叶菲姆的话，让我倒吸了一口凉气，他说得很轻松，什么行情什么风景照，后果有多严重我心里很清楚。

我悻悻地返回监区宿舍，彻夜不眠。

母亲在电话里的无奈和哀怨在耳边萦绕回响。

第二天，我又去了叶菲姆的办公室。也许我来得过早，叶菲姆穿着睡袍在床上悠哉悠哉地唱着《红梅花儿开》。看到我不请自到，兴奋至极。

"臭小子，想通了？"

"叶菲姆先生，我思量再三，我可以义务劳动做公益，或者出去做苦力赚钱孝敬您。只是您说的那两件事，我是万万不能答应的。看在我是这里老主顾的份上，您就行个方便呗。"

"臭小子，还算你诚恳，过来过来，慢慢聊。"

他拉着我坐下来，然后他说："还有一个方案……"

"什么方案？"

"就是，就是，臭小子，我希望你以后有机会来这里做我的助手。你没看出来吗？我特别欣赏你。这次残疾人跟你打架也不是巧合……"

我逃回宿舍。

狱警把电话给了我，母亲在电话里哭着说："你爸爸今天早晨走了。临走前，他说让你在那里安心工作，不用回来……"

　　紧接着，狱警说："刚才监狱长打来电话说，明天让你去取提前刑满释放的通知书……"

（发表于《图们江报》2016 年 5 月）

我是你眼里的一尾游鱼

◀ 冬 至

再次接到张副局长打来电话的时候，是在第二天的午后。天气阴郁，但我整个人很兴奋。

我想就要拨云见日了，困扰我一年的问题就会马上解决了。我甚至觉得我压抑的情感会像水库泄洪一样，在张副局长面前一发不可收拾。

我想，他一定是温情的、明理的、人性化的。

我攥着那份连夜赶出来的报告，心急火燎地来到他的办公室。

我说："叔叔，不，张副局长好！"然后满心期待地望着他。

他很平静地看了我一眼，说："嗯，啊，那个小王啊，是这样哈，我刚跟上级部门请示过，恕我不能给你签字，因为王局长，也就是你父亲的情况还不太符合条件，我虽然做了努力，但是上级部门不批，我，我也爱莫能助……"

"张副局长，昨天您不是说，爸爸情况特殊，又是在工作期间发病的，虽然不完全符合，但是可以特事特办，所以我才……希望您帮帮我，我的确有实际困难。"

我格外地小心翼翼。

昨天，他还说让我把报告抓紧时间写出来，报上去，说以目前实际情况，申请个特批没多难。

今天，地点、人物都一样，态度截然不同，这是怎么了？我听错了？还是做梦了？

我掐掐手，疼，不是梦。

我说："张副局长，能不能再考虑考虑，您知道我家有困难，我弟弟还上学，父亲他，不仅不能上班了，现在的工资，连吃药都不够，别说……"

"你回去吧，我真的没办法。"

……

我像一个霜打的茄子，带着那份没有呈上去的报告走在返回的路上。我想，父亲的医药费怎么解决呢？难道也上点滴筹？不到万不得已，绝不想麻烦任何人。张副局长和昨天判若两人，究竟发生了什么？

不知不觉，我来到了弟弟打工的那个全市生意最好的饺子馆。

弟弟实习结束后，开始社会实践，其实就是打工赚点零花钱。自从父亲病倒后，家里捉襟见肘，连弟弟都主动出来赚钱了。

看到忙前忙后跑来跑去、瘦弱的弟弟，我的鼻子一酸，泪差点掉下来。

这个十九岁的阳光男孩，此刻完全没有意识到未来的生活与以往有什么不同。我在心里说：亲爱的弟弟，从此真得靠你自己了。

弟弟看见我，跑过来，环顾四周，说："姐，你知道爸爸单位公共信箱发的消息吗？消息说，爸爸现在不能上班，必须让出岗位，拿病假工资，等半年后，再办理病退手续。姐，我打听了，病退工资最高 80%……姐，你去找找爸爸的哥们儿，那个张副局长呗。他平时对咱爸点头哈腰的，看看有啥办法暂时不退，爸爸不到五十岁，事业心强，现在让他回家养老，跟要了他的命有啥区别？哪怕去看收发室值班也好……"

"这是什么时候的事？"

"就是今天早晨我上班时，张晓亮给我发的微信截图，不信你看看。"晓亮还说："只有内部人才能登录他们的网站，他是用了他爸爸的账号登录的。"

"张晓亮是谁啊？"

"是张叔叔的儿子啊，你忘了？小时候张叔叔经常带他来咱家玩。有一次，他跟我们全家一起野外郊游，当时他才十五岁，一顿就能吃了二十多个羊肉串，当年像个愣头青，现在人家被保送到北京上大学了。"

弟弟自顾自说着，一个穿着厨师服的人走过来，拍了拍弟弟的肩："小同学，别磨蹭了，今天是冬至，客流量这么大，你还有心思聊天，小心我扣你这个月奖金……"

告别了弟弟，我往家走。天空飘起了雪花，冬天如约而至。

刚才还剪不断理还乱的思绪，被漫天飞舞的雪，搅扰得渐渐清晰，如醍醐灌顶，瞬间明朗起来。

第二天，我打算去中医院给父亲抓药，刚出门接到张副局长的电话："小王啊，你父亲的那个事，我昨晚考虑再三，还是得办啊，你什么时候过来，把报告给我拿过来……"

我受宠若惊："好好好，我马上送过去。"

电话刚撂，又一个电话打进来，是省公司人力资源部赵部长："小王啊，领导班子研究了，你父亲暂时不用办病退了，还是享受在职待遇，他的位置一直给他保留着，直到他康复上班。"

"啊？啊！……"

（发表于《天池小小说》2018 年第 12 期）

我是你眼里的一尾游鱼

◀ 黑色笔记本

黄永慧最近有些丈二和尚摸不着头脑。

这源于四楼金阿迈一百八十度大转弯的态度。

平日骄傲如孔雀的金阿迈是从来没拿正眼瞧过黄永慧的，可是，今天不同。黄永慧在小区里遇见了打扮得花枝招展的金阿迈。看到黄永慧，她两眼放光，仔细地盯住黄永慧新购置的红色越野车说："你，买车了？这种红颜色叫啥来着？好像是法国波尔多红，我最喜欢这个颜色了。"

随后，她犀利的目光在车上逡巡了许久，最后落在了车牌上，像葛朗台发现金子般，绽放出光彩，诡异得难以捉摸。

"嗯，接孩子方便点。"

黄永慧迅速离开，她无心逗留，有好多事要处理呢。

"我和老崔都有驾照，可是我孙子不让开，我们民族有个习俗，小孩的话都很灵的……"

在迈进单元门口的那一瞬间，这句无厘头的话，莫名其妙地钻进黄永慧的耳朵里。

黄永慧没多想。

她上楼开始做饭，左手举着小学语文书，右手拿着锅铲炒菜。油烟和霉味像合着伙欺负她似的，呛得直流眼泪。她忙乱地边擦眼泪边扯着脖子给儿子听写生字：郁郁葱葱的"郁"、"郁闷"的"郁"……

家里的霉味让全家人心烦气躁，她迫不及待打电话预订了一家装修公司。

这套业务她轻车熟路。

儿子姑姑开始抱怨："就你脾气好，换了我，非跟他们理论不可，真不知你咋想的……"说完，狠狠地白了黄永慧一眼。黄永慧没吭声，心里想，人家不是故意的，又上了年纪，还能咋样呢？

一周后，黄永慧在小区里再次与金阿迈不期而遇。金阿迈兴致更高，热情打招呼："你爱人单位很远吗？那天我看他开车回来的。你家有两辆车？"

"嗯，他单位在郊区，这样方便点。"

随后，金阿迈打开了话匣子："我和老崔都退休了，他在经济开发区Ａ国公司当顾问，我在社区做主任助理，我都跟社区说了，我俩是公务员，不缺钱，义务帮忙就行。我儿子在北京做集团副总裁，挣年薪的；我女儿嫁到Ａ国，外孙也在Ａ国读书……"阿迈娴熟地背起了她的"光荣家族史"，骄傲和幸福洋溢了满脸。

说完径自上了楼。黄永慧愣愣地站在原地纹丝没动，收发室老大爷说："想啥呢，小黄？是不是金阿迈给你'上课'了？嗨，她唠叨十多年了。别当回事，快回屋做饭吧。"

……

我是你眼里的一尾游鱼

中秋节当天，金阿迈喜笑颜开地送来一个大礼包。

"过节了，这是给你儿子的礼物。A国的，没有添加剂，孩子吃没事。"说完，金阿迈左顾右盼，翘着脚往卧室里瞭望。没等黄永慧反应，金阿迈怯怯地说："你爱人没回来？他是单位的领导吧？能不能帮个忙，给我家老崔找，找点活干？"

黄永慧彻底懵了，金阿迈口中那位"顾问"老崔啥时候"失业"了？自己老公啥时候又变成了领导？

"金阿迈，您搞错了，我爱人是职员，不是领导。"

金阿迈一脸得意："您别谦虚了，就您那个三连号的车牌，全市也没有几家，都是有头有脸的人才能有这么顺的号，家属也是。"

黄永慧几乎要窒息了，没想到在网上随便摇的幸运号竟招致如此麻烦。

一番相互推搡中，小食品哗啦啦散落了一地。

空气好像凝固了，黄永慧清晰地听到闹钟滴答滴答地响。

……

"唉，我说金阿迈，你这是唱的那一出，凭啥要你的礼物？你赶紧把我们翻修钱给报了。"

不知何时，黄永慧的姑姐怒气冲冲从卧室冲出来，啪的一声把一本黑色笔记本扔到金阿迈的面前。

"我们搬来十年了，您家年年像人工降雨似的发大水，淹了我们十二次了，您每次都信誓旦旦说赔偿我们损失，可我家每次装修，您都装聋做哑。也就是我弟弟和弟妹善良吧，要不是他们拦着，我早就去找您算账了！您闻闻，这屋都是啥味啊？！将心比心，您也有孙子，你想过没有，一个八岁的孩子在这环境下怎么生活？我侄子每年都呼吸道感染、皮肤过敏起疙瘩，以前的账还没算完，又来找什么工作，真是奇葩！今天说啥您也得给我们报了……"

孩子姑姑怒不可遏，压抑了十多年的怨气突然泄洪。

"大，大姐，别说了，金阿迈不是故意的。"黄永慧不知所措。

金阿迈被突如其来的阵势震慑了，她的脸开始扭曲变形，双手颤抖地打开那本黑色笔记本，账目一目了然：2006年7月，吊棚、除霉，翻修2000元；2007年10月，换隔板、地板1500元，2008年……直至2015年。

"啊？是这样，我，我们……"

额头大的汗珠从金阿迈红一阵白一阵的脸上滚落下来，打湿了那本黑色笔记本，在汗水的氤氲下，账目变得模糊起来……

（备注：阿迈，是对朝鲜族老年女性的通称）

（发表于《天池小小说》2017年第5期）

我是你眼里的一尾游鱼

◀ 电　话

接到县某局张干事电话的时候，我正气喘吁吁地爬在省城那个没有电梯的酒店七楼的台阶上。对于一个膝关节受过严重创伤的人来说，这无疑是在挑战承受极限。

电话里说："哥，你前几天往某局送的材料有没有个人审批表，有没有县领导签字，有没有编办主任签字？"

一连串的"有没有"让我有些迷糊。

我思忖片刻，很肯定地说："有，只是我还没有送全，临时出差，时间紧迫，我先让同事送了其他的材料。"

对方长舒了一口气，说："吓死我了，刚才我们马局长很气愤，说某局孙局长给他打电话了，质问为什么手续不全，我们还随便审批……"

我连声说对不起。

回到房间后我想，这位孙局长对一个基层单位报送的材料如此关注，得多亲民啊，现在这样的好干部绝无仅有了，不由得肃然起敬。

第二天，我来到省城那个对口单位接受年检。

办公室里有好多人排队。接待我的是一位很绅士的先生，

第三辑　幽默讽刺

他很热情，暂叫他 A 先生。排到我之前的已经有两个人，暂叫 B 先生和 C 女士。两个人与 A 先生似乎比较熟悉，气氛热烈。A 先生边审查材料边和他俩唠着家常。A 先生对 B 先生说："老同学，最近怎么样？听说你现在虽然是副手，但享受正科级待遇，也总算给你一个交代了。十年前，你提名你们局局长的时候，考核流程都走完了，第二天常委会开完就变卦了；还有，前年老局长退休前，本来论资历，你都略胜其他接班人一筹，结果扶正了三把手，你看你这官运，有点坎坷哈。不过，话又说回来，你现在算是因祸得福了，咱这年龄还求啥啊，你说是不是？……"

说着说着，A 先生把一只脚踩在一个凳子边角，一只手放在膝盖上。这造型，竟然很像法国的雕塑家罗丹的《思想者》，很有一股沉思的味道。他俯身贴近 B 先生的耳朵，压低嗓子："这回好了，全县人民的生杀予夺大权掌握在你的手里，你想给哪个单位拨点钱，那不是一句话的事嘛，过瘾不？嘿嘿……"

A 先生眉飞色舞地兀自说着，B 先生脸红一阵、白一阵。他说："是啊，这么多年，我脚踏实地，跟着领导工作，苦活累活我都抢着干，晋级提干、涨工资却和我无缘，我做公益做善事，结果那个被我资助的学生还涉嫌非法参与学生贷被刑拘了。你说气人不气人？我为了资助他上学，欠了一屁股债，连儿子上大学的钱都被花光了，媳妇差点给跟我离了婚……唉，我这辈子，空有报国之志，却无报国之门。现在，终于苍天有眼，也算是多年的媳妇熬成婆了……"

B 先生越说越激动，脸色越来越难看。此时，旁边的 C 女士

我是你眼里的一尾游鱼

接了个电话，然后对 B 先生说："孙局长，刚才马局长没接通您的电话，打到我这里了，给你。"

B 先生接过电话："啊，马局长啊，哦，好，我知道了，相互支持，相互支持，哈哈。哪里哪里，以后还得老弟支持我的工作才是……"

接完电话，B 先生的脸上泛起了红光，刚才回忆时的落寞与失意荡然无存，惬意和满足爬满了他那张沟壑交错的脸。

A 先生很奇怪："老同学，怎么这么开心，啥喜事啊？"

"嗨，我能有什么喜事？就是前几天有个基层单位送来了一个人的入职材料，不全，我很气愤，这不是挑战我的权威吗？我给他们主管局马局长打电话批评了一下，让他问问基层单位到底有没有县一把手签字，如果没有，他们就擅自出审批手续，弄不好吃不了要兜着走，不能拿村长不当干部，拿豆包不当干粮……"

"哈哈，老同学，现在道行不浅啊。像你这么亲力亲为的县主管领导凤毛麟角啊，今天你完全没必要亲自陪着小王来，让她自己过来就可以了……"所谓的小王就是那位 C 女士。

终于，在他们的寒暄中，我迎来了审核材料的时刻。

也许，A 先生最大限度地消耗了他的精力，我的材料顺利过关。

当我推着比自己体重还沉的拉杆箱返回的时候，接到单位领导的电话："你怎么才开机啊？怎么回事？你以后办事能不能靠谱点，就一个材料，都送不明白。人家孙局长和马局长昨天都把电话都打到我这里来了……"

"我，我昨天高铁没信号……我……"

生无可恋，说得就是我。

现在，我必须要把三十多人的材料完好无损地运送到千里之外的单位。完璧归赵，确保万无一失是我不可推卸的责任。

我是你眼里的一尾游鱼

◀ 我是一头快乐的猪

　　我是一头猪，生在太平盛世。每天吃饱了睡，睡饱了吃，无忧无虑，悠哉游哉。猪国王把王国治理得井井有条，百猪乐业。

　　我的不快乐，一方面源于我女朋友球球的莫名失踪，一方面源于那个特殊任务。

　　原因是，我那做官的舅舅想让我历练一下。

　　我接到任务，在炎炎烈日下，马不停蹄来到了南方。太阳像下了火，一瞬间我以为又回到了后羿射日的年代。我浑身晒出了油，我的脚踏在已经龟裂的大地上艰难行走，眼前的农田庄稼一片枯死，猪不聊生。

　　我刚到，舅舅风风火火赶过来，嘴上已经起了燎泡，他对我说："小丸子，现在南方旱情严重，河流干涸，庄稼枯死，空气污浊，百猪的生活难以为继……我在领导面前力荐你，你可要抓住机会啊！"

　　"什么力荐，什么机会？你让我来究竟想干什么？"

　　"国王想让你人工降雨。"话音刚落，我妈呀一声，在地下打了一个滚，然后立刻闻到了毛发烧焦的味道。我挣扎着爬起来，说："舅舅，您不是不知道，我从小就怕水，去河里差点丢了性命。再者，球球生死未卜，我要去找她，我不能接受这个任务。"

舅舅勃然大怒。

"你可真是扶不上墙的猪啊，你知道有多少猪想接受这个任务吗？这是你毕业之后回报社会最好的机会。你要是不接受，三天内把我供你读书的钱一分不少全部打到我的账户里⋯⋯"

我又打了一个滚。

我还不起钱。当年舅舅资助我是因为父亲工伤后丧失劳动能力，家里穷得揭不开锅。舅舅深明大义，不计回报资助我。当时我激动得在地上打了无数个滚。从此，就落下了一个毛病：大喜大悲都会不自主地打滚，无论何时何地，不可控制的那种。

我听从了舅舅安排，来到人工降雨的现场。猪山猪海，猪头攒动。偶有鸡鸭猫狗也来观战，他们个个毛发焦枯，表情痛苦，对我充满了好奇和期待。

舅舅和几位官员在现场。礼炮、讲话、剪彩⋯⋯一声发令枪响起来，我一个跟头飞上天，奇怪，我这胖墩墩的"丸子"体型的一头名不见经传的小猪猡，居然也能飞上天？我在讶异中挥舞着我的猪手念念有词，我胡乱念起来连我自己也听不懂的咒语⋯⋯可是无论我多么努力，天空中连片乌云都没有，更谈不上一滴雨水，在我连续发功三次后，一个跟头从天上螺旋式掉下来，摔得粉身碎骨。

我以为我死了。

120车把我火速运到了医院。我进了重症监护室，浑身上下插着管子，我除了头脑还是清醒的，连话也说不出来。几天后，我听到门外影影绰绰聚集了好多猪。他们争论不休，我听到舅舅低声下气地向别人道歉："对不起！这个局面不是我想要的，小丸子从小的确有特异功能，他曾经溺水三天三夜也没淹死。人工降雨关乎百年大计，我绝不敢戏言，我是本着对猪百姓负责的态度才推荐他的，我……"

"我什么我，劳猪伤财不说，让我丢尽了面子，被耻笑我决策失误，特别是在我那天天吵着要退婚的亲家面前抬不起头来，你，想想怎么收场吧？

"我，我……"

"你什么你？你家小丸子去降雨，置我的位置于哪里？要我干什么，你不是打我脸吗？我是专业降雨的，你抢我生意，你是成心的吧？今天你不给我个合理的说法，就别想走出去……"

妈呀，是龙王来了。

把任务落实给我的那位官员显然就是龙王的亲家。

这本来就是龙王的活，舅舅偏偏夺人所爱，让我做，确实不地道，就像雄猪喊着要怀孕一样可笑。

我试图解释，可是我突然想到，室外的人是看不到我的……

正想着，龙王率领他的徒子徒孙们闯进重症室，不由分说，他们愤怒地拔掉我身上的管子，拆了我的所有的医疗设施，这分明是置我于死地的架势。我大喊："护士小姐，救我，救我！"一着急，我居然能说话了。护士小姐立刻摁响了与医院保卫处联动的按钮，保安迅速赶到现场，制服了对方，这场闹剧才得以收场。

出院后，我一瘸一拐地来到了半年前人工降雨的现场。

眼前一片荒芜，错过了最佳人工降雨，庄稼全部死在了地里，整个旱情不可控地爆发。龙王以不被重视为理由，拒绝实施人工降雨，只是每天饮酒作乐，不干正事，天下大旱。

我是一头快乐的猪，每天快快乐乐地生活，只会做猪事。

我想，下一件事，我即使走遍天涯海角，也要把我的球球找回来。

第四辑

现实描摹

◀ 今夜无法入睡

我拖着疲惫的身体，在家对面的门市房挨家挨户打听是否有剩余的鞭炮。店主们惊讶地看着我说："老爷子，这不过年不过节的，干嘛买那么多鞭炮啊？"

我张着大嘴打着哈欠，完全没有力气回答。

我今天必须买到。

最终，店主们费了九牛二虎之力，给我攒到一大堆各类鞭炮。

我回到小区，把鞭炮摊在地上，喊了几嗓子。结果小区的单元门像机关一样瞬间打开，一群孩子们蜂蛹而来。

"爷爷，您也喜欢放鞭炮？"

这个平时放鞭炮放得最欢的叫小强的孩子头，兴奋地跟我打招呼。紧接着，小燕、小刚、小亮等七八个孩子们叽叽喳喳像春天里的小喜鹊，你一言，我一语："是啊，爷爷，怎么春节也没看到您放鞭炮啊，要知道您喜欢，咱们一起放多好啊！"

"爷爷，您这品种好齐全啊！在哪里买的，是不是很贵啊？我也让妈妈给买。"

......

"不用你们买，孩子们，这就是给你们买的。"

"给我们买的，怎么可能？前天爷爷不是还找我们家长说放鞭炮影响您睡眠，警告我们不要再放了吗？"

"哦，那是前天，人的想法会变的。昨天，爷爷补发工资了，加上这段时间听惯了你们放鞭炮，冷不丁一停，我反倒不习惯，彻底失眠了。所以，今天要把这些鞭炮都给你们，不仅可以随心所欲地放，你们每个人还可以得到一定的奖励。"

"奖励？什么奖励？还有这样的好事？白放鞭炮不说，还可以得到奖励？！"孩子们亮晶晶的眼睛睁得滴溜溜圆，期待中夹杂着狐疑。

"当然有奖励！我今天把这些鞭炮送给你们，一人一份，你们每天要把它们放完，然后每个人再到爷爷这里领取十元钱。"

"哦哦，真的啊，爷爷，太棒了！我们要发财了，发财了！"

孩子们欢呼雀跃，兴高采烈地伸出小手两侧平举，像麻花一样链在彼此的脖子上，形成了一个很规矩的圆圈，把我和鞭炮围在其中。这是只有在世界杯的操场上一方进球后球员兴奋时才有的场面。

我把买的二踢脚、钻天猴、摔炮、烟花、旗火、炮打灯等各式各样的鞭炮依次分给了孩子们，上楼了。

刚进门，小孙子跑过来，哭咧咧地说："爷爷爷爷，爸爸又逼着我练琴了！我作业还没写完呢，明天该被老师批评了！"

我瞅了一眼儿子，儿子虎着脸也定定地瞅着我。我说："你不能这么逼着孩子练琴，再逼下去，兴趣就枯竭了，欲速则不达，懂不懂？"

"爸，亏您还是音乐老师呢？在培养孩子学乐器方面，就从来没跟我一致过。他练琴的事，您就别管了！您知道我培养他花了多少钱吗？先不说花高价买了钢琴，五年了，到现在还给我弹四级的曲子，哪个孩子像他这样？再说，他每次练完琴我都给他奖励啊，还不满足？这孩子真是太不懂事了！"儿子充满了委屈。

我不再言语，如果争论能达成一致意见，也不至于持续五年。

我躲在自己的房间里，戴上耳麦。窗外，五颜六色的烟花瞬间装饰了整个小区。除了视觉比较刺激，我没有听到鞭炮声，因为我放至无限大的帕瓦罗蒂的《今夜无人入眠》淹没了我，挽救了我。

第二天，一大早，我的门几乎被敲烂。小朋友们在门口一字排开，齐刷刷地伸出小手："爷爷，给奖励，十元钱。"

我兑现了承诺，孩子们蹦蹦跳跳下楼了。

当晚，窗外依然是烟花灿烂，火光冲天，热闹非凡。

第三天，孩子来领奖励的时候，我把十元钱变成了五元钱。孩子们有点奇怪："爷爷，奖励怎么变少了？"

"孩子们，不好意思，今天爷爷出去打牌，输了，所以就少点。"孩子们半信半疑地下楼了。

转过身来，我看到儿子和孙子怒目而视，孙子说他再也不学钢琴了，儿子无奈地摇头叹气。

我这才发现满地都是零钱。

我的眼前浮现出十多年前的一个场景：在夜市上，我抱着十个月大的孙子在一个卖儿童音乐玩具的摊上驻足。摆摊人打开一个音乐盒，音乐盒放的是瞎子阿炳的千古绝唱、灵魂音乐《二泉映月》，凄怆，悲凉，如泣如诉……孙子小嘴一咧，神情悲伤，嚎啕大哭，当音乐调至儿童音乐《娃哈哈》时，孙子开怀大笑。我发现这一点异常惊讶，不足一年的孩子能听懂音乐的情感？我反复用两首曲子交替轮放，结果孩子与先前的反应完全一致……

　　如今，孩子在奖励的捆绑下，超强的天赋和乐趣变成了责任和压力，最终难以坚持，那些放鞭炮的孩子何尝不是呢？

　　此后，孙子再也没有弹琴，小区再也没有鞭炮声。隔着玻璃窗，大门口依稀可见一部分没有放完的鞭炮横七竖八地堆放在那里，无人问津。孩子们仿佛一夜销声匿迹，不见踪影。

　　今夜，我再也不用戴耳麦了，但依然无法入睡。

　　　　　　　　　　（发表于《天池小小说》2019 年第 7 期）

第四辑　现实描摹

◀ 你也有今天

春节将至，大家都忙着准备年货，我却忙着跑银行。

这是我第三次来银行办同一件事情了。

我找到了大堂经理："同志，那个客户您联系得怎么样了？"

"我们还在尽力联系。目前，他登记的手机号已经停用，我们正在协调公安部门，您回去等信吧。"

回到家，看到家徒四壁、空空如也，我痛哭了一场。该变卖的我都卖了，好不容凑齐了五万元钱，打算还钱吧，唉，怎么就……我恨不得把自己的手剁了。

我不是不还，只不过因为前天晚上跟朋友喝高了，酒精刺激后本末倒置，用网上银行给人家转账时，竟输错了一个数字，把6输成9了。这两个数字一颠倒，失之毫厘，缪以千里。结果，钱打到一个陌生人账号里了。

我是这个世界上最愚蠢的傻瓜。

"恭喜恭喜恭喜你，每个大街小巷，每个人的嘴里，见面第一句话就是恭喜恭喜……"这电话铃声真讽刺啊，一看号码，我

我是你眼里的一尾游鱼

死的心都有了。

"喂，你究竟什么时候还钱？你说打到别人的账户里，是骗三岁小孩的吧？这么大岁数你还真会编故事，你不去当编剧都是文学届的损失啊。"

"我，我真的打了，只不过……"

"好了，你就别演了，省省吧。告诉你，我再给你一天的时间，再不还，你不仁就别怪我不义，你身上的零部件可要看好了，要么要你一条胳膊，要么要你一条腿，咱们走着瞧……"

我魂飞魄散。

第二天，我又去了银行。

银行还真有好消息，他们找到了当事人了，但是人在外地，对方答应回来再处理这事。

当晚，我终于睡了个囫囵觉。

第三天，我又来到银行，大堂经理面露难色，说："同志，真不好意思，那个客户回是回来了，但是拒绝还钱。他说是你主动打给他而不是他索要的。"

"可是，经理同志，我咨询过律师，他这属于非法侵吞他人财产……"

"这个您还是跟他去讲吧，这是司法范畴的事，我们负责不了……"

"那您能给我一下他的联系方式吗？"

"对不起，银行有规定，我们不能随便透漏客户的任何个人信息，否则就有可能被开除。"

离开银行，我欲哭无泪。

我去了派出所，凭着转账时的模糊印象，对方好像叫王某刚。我说明来意，派出所真不错，在系统里还真查出来了他的电话号码。

我给王某刚打了电话，电话里声音有点耳熟，似曾相识的感觉。这难道是我顺利要回钱来的好兆头？你想啊，我把我的遭罪跟他一讲，相信他都会通情达理，如数奉还的。恶意侵占他人财产的人毕竟是少数。"人之初，性本善"嘛。

他约我到一个茶座面谈，我赴约。

我早早地来到茶座，忐忑不安地等着他的出现，心里一直默默祈祷，对方一定是一位深明大义的正人君子。

果不出我所料。

他终于来了，他戴着墨镜和礼帽，穿着毛呢外套，脖子上还围了一个法国巴宝莉经典款式的羊绒围巾，一副绅士打扮。就这套行头，不是教授也是个儒商啊，他不可能对我那区区五万元钱感兴趣的。我想，这下可妥了。我仿佛看到了我那失而复得的五万元钱重新回到我的银行卡里，它们前呼后拥着冲着我微笑。

然而，这只是我单方面的一个美好的期待。

他摘下眼镜的一瞬间，我们异口同声地指着对方说：是你！

真是冤家路窄啊，他竟然是我的另一个债主——刚子。

刚子是通过朋友认识的，平时来往得少，但是他生意做得很大。有一年母亲病重，住院就差三万元，该借的朋友我都借遍了，还是没凑够医药费。百般无奈，我向刚子开口，出乎意料的是，他还真的慷慨解囊，网银转账后他打电话给我："快给老人看病吧，耽搁不得。"当时，我感恩戴德，在电话里不停地鞠躬致谢。本想尽快还钱，结果祸不单行，我做的生意连年亏损，上有老下有小的，一直就没还上。记不清是哪年的事了，我的债主太多了。

我怎么能把日子过成这样？

我那时"刚子、刚子"地叫着，还真不太叫他的大名。没想到，他竟然是我误转账的主人。难道，难道不是因为喝酒误事，而是他的账号一直在我的转账记录里？冤有头债有主，是不是说的就是我啊？多么富于传奇色彩！

我几乎哭着说："刚子，求求你把本金留下，剩下的两万还给我吧，还有一个债主等着还钱呢。"

刚子哼了一声，说："你也有今天啊，这么多年，你债台高筑，每次索债，我们就像孙子似的，点头哈腰的，还得逢年过节给你送礼，你还扬言说谁表现好了先还谁，要自己的钱还得受着你的奚落和谩骂。今天也算是恶有恶报，该轮到你尝尝这种滋味了。都十年了，差额就当是利息了……说完，拂袖而去。

我呆呆地坐在那里，一切突然得让我来不及反应。短短几分钟，我那十多年的陈年往事在我的脑海里放了一遍电影，刺激、传奇、无奈、感伤。

我回到家里，给房产中介打了个电话，登记了房屋出售信息。我把价格比市场价压低了好几万元，我要还钱，要把十多年来的欠债都还上，我想有尊严地过好这个年。

（发表于《天池小小说》2019 年第 12 期）

第四辑　现实描摹

◀ 位　置

"你如果为了投资怕她担心我能理解，但是你竟然和小三串通，骗老婆的钱，你这个渣男，去死吧！"

我用尽吃奶的劲儿，随手抄起木棍奋力地砸向渣男的脑袋，他应声倒地。

接着，我疯狂地扑向他身后那个女人。她静静地站在门口，像欣赏电影一般惬意地微笑着，飘逸的裙子在风中一浪一浪地跳跃着，好像在向谁示威。

她怎么可以如此逍遥？

我余怒未消。在我扑倒她的一瞬间，伴随着"啊"的一声惨叫，她直挺挺躺在地上，脑袋不偏不倚地磕在一个锋利的石头上。

结果可想而知，我们三人分别去了三种不同的地方。

渣男去了医院，女人成了"地下工作者"，我因为伤害罪、过失致人死亡罪，被判处有期徒刑八年。

渣男是我闺蜜的老公，女人是他的小三。我之所以这么做，就是为了给闺蜜出口恶气。

当天，闺蜜跑到我这里哭诉，她老公竟然与小三合伙算计她，骗走了她的全部积蓄买了房子，房产证上竟然是渣男和小三的名字，跟她毫无关系，十万元分分钟打了水漂。渣男作了孽竟然还敢明目张胆地带着小三来到我家让我给评评理。

闺蜜是我的发小，从幼儿园、小学、中学一直到大学，我们情同手足。被同学戏谑为 Les GL。对此，我俩嗤之以鼻，相视一笑，从来不做解释。我们一文一武，性格迥异，她学的是艺术，我学的是体育，她柔声细气，我孔武有力，但我们惺惺相惜，彼此愉悦。我好像天生就是为保护她而生的，在她成长的岁月里，我竭尽全力呵护她生命里的每分每秒。

她出嫁时我失魂落魄，她竟然选择了全系最风流的情场浪子，任我百般劝阻，她终究还是嫁给了他。

三年后我结婚生了女儿。

直到今天，一切发生了改变。

在法庭上，法官让我最后陈词。我说我后悔出手太重，误伤了人，惹出人命官司，我向死者、伤者及家属道歉，但为闺蜜出头我从不后悔。如果还有人欺负她，我还会……

法官绝望地摇摇头。

我开始了监狱生涯。

我每天除了劳动改造，其余的时间，就是盯着女儿的照片自言自语。只有此时我的内心才有纠结和悔意，自己的鲁莽让女儿失去妈妈，老公失去妻子，不该死的人失去生命。我无法想象没有我的日子，一个刚满周岁的女儿和一个没有带孩子经验的父亲如何为继。

有一天，食堂改善生活。一个女犯人搔首弄姿地来到我身边，说："唉，侠女，这个鸡块我来帮你来消化，好不好？听说你对女人感兴趣，你对我，满意吗？"说着，她开始掐我的脸，"你打听打听，进局子之前，本姑奶奶可是远近闻名的大美女，全世界的男人都喜欢我。不过，我今天就想跟你好，你看咋样？哈哈哈……"

我恼羞成怒。

"啪"的一记耳光，打得她满脸五个手印，半晌没反应过来。但即刻她便大哭大闹："管教，管教，你看她不好好吃饭，还调戏我，她这是贼心不死，不思悔改啊，政府可得给我做主啊……"然后嚎啕大哭。

我瞬间感觉到那个被我打死的小三好像还了魂。

管教一如既往，不问青红皂白，各打五十大板，平息风波。

第二天，有人来探监，是老公和闺蜜。隔着玻璃窗，闺蜜哭成泪人。她告诉我，她现在已经和我女儿建立了良好的亲密关系，她一定把女儿视如己出，照顾好孩子，日后还我一个完整的家。同样隔着玻璃窗，我看到老公眼里幽怨的光，像一把利剑，寒光闪闪。

六年后，我表现突出，提前刑满释放。我没有通知他俩，给他们一个惊喜多好哇。

一大清早，我便辗转找到家，眼前的光景已经面目全非。

昔日的平房变成了高楼大厦，我根本想象不出原来的模样。我脑海里一遍一遍地浮现出当年惨案发生的画面。对，这个地方是闺

我是你眼里的一尾游鱼

蜜老公倒下的地方，那个地方是小三倒下的地方，我一步一个脚印地丈量着，当时我在哪个位置呢？那个行凶的木棍在哪里？——瞧我这思维显然，木棍被作为行凶的证物到了它该去的地方啊。

而我，我的位置呢？

我踉跄着来到门前，急迫地扣门，半天门开了，我敏感地捕捉到老公和闺蜜慌乱的神色和局促的问话。

"你，你怎么提前，提前出来了？"

"嗯嗯，我表现好、改造得好，所以，所以提前被释放了。"

四目以对，相视无语。片刻后，老公打破了沉默。

"来来，妞妞，快来看看你妈妈，你妈妈回来了，快叫妈妈。"

我终于见到了我日思夜想的女儿，我的心突突地跳跃着，此时此刻，它开始慢慢复苏。走的时候，我刚过哺乳期，孩子现在应该是七岁零十三天了，我惊喜地发现她眉眼里还有原来的模样，那弯弯的眉毛和上挑的眉梢，一脉相承，那是我的样子，我很兴奋。

"妞妞，来，叫妈妈，妈妈抱抱。"我张开双臂。

妞妞茫然地扫了我一眼，冲着闺蜜亲昵地喊了一声"妈妈，妈妈"，然后瑟缩地扑进她的怀里，指着我："妈妈，她是谁，我不认识她……"

六年前出事时我没哭，今天我流泪了。

转身离开。

我努力地搜寻着记忆，当年我站在哪个位置发生了这一切？

门里门外，墙内墙外……

（发表于《天池小小说》2019 年第 5 期）

◀ 你有点胖哦

我像玩密室逃脱般七扭八拐地在空旷的医院里穿来穿去。

终于，在昏暗走廊的尽头，找到了医生值班室。我轻轻叩了三下门，敲门声在万籁俱寂的深夜，有些格外得刺耳。一个小小的窗口被打开，一个医生睡眼蒙眬地探出头来，说："你有什么事？"

"是我，医生，我是来找您换药的。"

我一直坚持找同一个医生换药，只有这样，伤口微妙的变化才会被医生洞察到。医生用镊子夹着药棉，塞进我左腰部四公分长的伤口内，摁了摁，又如春耕般来回趟了半天，然后将药棉取出来丢进垃圾桶里；又夹了一个新药棉埋在里面……每次换完药，我都眼巴巴地望着医生，希望从他的表情中，找到一个答案。比如"强多了，过几天就好了"诸如此类的话。然而，每次医生都是轻柔地拍着我的肩膀，幽幽地说："你有点胖哦。"

"你有点胖哦"这句话成了最近医生跟我交流的唯一的台词。这句话可以含蓄地理解成：伤口久治不愈，是因为我脂肪过多造成的。

　　每次处置后，我都会与省城给我拆线的主治医生打个电话。每次他都会说，引流管拔掉后伤口恢复慢是正常现象。当我问他为什么病友跟我是同一天做手术、同一天拆线，人家第二天就可以洗澡了的时候，他都会说："有很多人同一天生，但不是同一天死；有的人生来是刘德华，有的人生来是宋小宝。这就是个体差异。"我显然不可能和病友同一天死的，短短的十几天，我们还没修炼到共生死的缘分，当然我更不可能让宋小宝和刘德华相比。

　　于是，我就像一只受伤的猫，蜷缩在家里的一角，舔舐伤口。

　　35℃的高温让家变成了蒸笼。伤口奇痒难忍，我心烦气躁。于是，我索性对着镜子，效仿医生，给自己消毒、清创……而伤口仿佛是一位性情温和的老人，始终咧着嘴，慈祥地露出慈母一般的笑。不管我怎么小心翼翼呵护它，它都在源源不断地往外渗液，不肯愈合……我固执地认为自己的身体出了问题，甚至怀疑体内有癌细胞。

　　晚上，我做了个梦，梦见自己跌至一个黑黢黢的泥潭里，任凭我怎么努力，都找不到出口。我的内心恐惧极了。

　　这一天，我再次用药棉在伤口上来回擦拭。突然，药棉"嘣"了一下，就好像一个人在一条特别熟悉的路上突然被石头绊了一下似的，我发现在伤口缝隙中露出一个米粒大小的乳白色的细细的东西。它像一棵破土而出的萌芽，顽强地生长着。我用镊子拽了拽，它被拉出足有三公分长，仔细辨别，竟然是质地良好的线头……我继续用力拉它，想彻底根除，但伤口开始渗血，血水迅速弥漫了缝隙……我再次给省城的医生打了电话，医生打着哈欠，语气透着慵懒，说："什么事啊？这么晚打电话。"我说明情况后，医生突然清醒了许多，他支支吾吾："哦，是吗？怎么会呢？线头是不是我故意留的呢？"

"那您为什么要留啊？拆线的目的不就是把线头拆掉吗？"

他立刻话锋一转，说："这样吧，你明天去你们当地医院找医生重新拆一次吧。"我度过了一生最漫长的夜晚。

第二天，在医院处置室里，努力治疗一个多月的伤口再次被医生剥离开，并用镊子像刨土豆一般在我的伤口里刨来刨去，终于刨到了线头，一段、两段、三段……我牙关紧咬。

这一次，医生没有说"你有点胖哦"，他只是说："能找到的我都给你拆了，但因看不见，不排除还有……"

我忍着剧痛，望着手心里捧着的让我四十多天不得安生的三个线头，委屈的泪水狂泻在我的脸上。

我再次给省城医生打电话，说当地医生给鉴别了，这种线是不可以吸收的，就是他不小心落在伤口里的……嘟嘟嘟，电话出现忙音。

在先生的陪同下，我们连夜花了一千五百元雇了一辆轿车，赶到省城。我找到了主治大夫，医生冷静得出奇。他慢条斯理地说："这个，这个，你恐怕是有点误会，那个线就是胶原蛋白线，可以吸收的，如果你不信，我们可以查查记录。"我说："不可能！起码的医疗常识我还是有的，如果可吸收，半个月就吸收了，为什么会在拆线的第四十六天自己吐出来，这是我自身免疫排异功能给排出来的，你别想骗我！小言之，你不负责任，大言之，这就是一场最低级的医疗事故，你可不能再推诿了，你至少要给我道个歉吧……"我似乎听到了自己的哭腔。

为了证明我没有说谎，我边说边转身，急不可待地掀起左侧的衣角，想让医生看看我的伤口，这可是物证。我说："您睁开双眼，好好看看吧，你看看我遭了多少罪啊！"

然而，那一刻，我惊讶地发现，一夜之间，我的伤口竟然神奇般地愈合了。

（发表于《天池小小说》2021 年第 12 月上半月第 23 期）

◀ 别说没给你机会

　　本部长在喇叭里叽哩哇啦一顿给我臭骂的时候，我真想找个地缝钻进去。

　　虽然语言不通，听不懂，但是从周围工友的幸灾乐祸的眼神里，我猜出一定骂得很凶，很下三滥。我手无缚鸡之力，毫无反抗能力。我用眼睛的余光看了看坐在同排的姑姐一眼，她面无表情，继续做手里的活，就好像什么都没发生一样。此刻，我是多么希望她站出来义正辞严，把事情讲清楚啊。昨天晚上我特意去了她的住处，让她站出来替我说句公道话，我还给她买了她最喜欢的那款最时尚的项链。

　　可是，她今天的表现让我绝望。

　　下班后，我去了本部长的办公室。本部长余气未消，恶狠狠地瞪着我一言不发。我理解她的愤怒，因为我连累了她。让她不仅丢掉了一个合作伙伴，还扣发了一年的奖金，她的损失是不可估量的。

　　我找到她懂中文的助理朴，哀求说："麻烦您听我解释，我

我是你眼里的一尾游鱼

真是被冤枉的，不信你们可以调监控。我怎么可能把空箱子入库发到买家呢？再者，从源头上，你们可以再调查，我夜班加工的成品箱上的标签，明显有刮痕，应该是被人调包了。这个后果，不应该由我来负责。拜托您了，请您向本部长解释一下，我感恩不尽……"我深深地给助理朴鞠了一躬。

回到宿舍，姑姐和老公都在，一个个蔫头耷脑，十分沮丧。

我问老公："昨天晚上就找不到你，你去哪儿了？今天白天为什么没上班？关键时刻你跑到哪里去了？"

老公吞吞吐吐道："我，我去了清川，一个朋友入境手续有问题，让我帮忙去担保。"

"朋友？还是那个小兰？你们俩究竟什么关系？为了她你能彻夜不归，害得我在全体员工面前被本部长冤枉，大姐精通语言却沉默不语……你们究竟想怎样？当初嫁给你因为民族问题，我们全家不同意，陪你出国家人更担心因为语言不通我被欺负，结果怎样？全都跟我设想得一样，一步一步地发生了……"

他们低头不语，唯一的一句话就是"对不起"。我知道，他们沉默的背后，应该有着巨大的经济利益，他们家人很算计，知道什么叫权衡利弊和识时务者为俊杰。其实，我早就料到他们不会给我一个满意的解释，哪怕让我自欺欺人也好。

第二天，我又找了助理朴，她一脸的无奈，表示爱莫能助。她说："本部长还是不听我的解释，除非给产品调包的人自己站出来说话……"

我找到了月仙。

这个始作俑者，此刻甜蜜地偎依在他的男朋友怀里，如胶似漆。想必她最不希望有人打扰她，哪怕一只苍蝇的造访。更何况来造访的人是我，我是她目前最不想面对的那个人。

看到我，她很慌乱，迅速整理了一下凌乱的衣服和头发，故作镇静地说："你，你怎么来了？你怎么知道我的住处？"

"没想到吧？我知道你不欢迎我。不过，这不重要，重要的是，我已经来了。你能不能把事实的真相跟本部长解释清楚？只要解释清楚，经济损失我们俩一起承担，而且我还可以把主要责任揽到我的身上来。"

"真相，什么真相？我不知道你在说什么？"月仙明显在狡辩。

"月仙，你不至于这么健忘吧？你别忘了，你贴标签有个习惯，你习惯于贴在箱子的右上角，而我习惯于贴在左上角。"

"你怎么知道？"

"这个原因很简单，你是左利手，俗话叫左撇子。你虽然把我箱子上原来的标签的痕迹处理得很干净，但是这个细节是本能的一个动作，一般人都会忽略。但是，我清楚我自己的贴标签习惯，更何况因为标签问题我被冤枉，所以格外注意。"

月仙此刻脸有点挂不住了。

她说："你想怎么样？这一切都是你逼的，你为什么那么能干，同样的工作时间，你完成的工作量是我的两倍，害得本部长不停地骂我，你咄咄逼人地抢占了别人的生存空间，我们背井离乡都是出来打工的。本是同根生，相煎何太急？"

相煎何太急？月仙，难得你还记得这句话。

我的眼前浮现出一个小女孩：大眼睛，荷叶头，头发上别着一个发卡，永远穿着一套漂亮的连衣裙……那个清纯得如莲子的女孩哪里去了？

"月仙，实在对不起！我初来乍到，语言不通，我要好好表现，没想到无意中给你造成伤害。但是，你不应该以这种方式报复我，害得公司蒙受损失，我个人蒙羞。继续下去，我的处境会很难，我真诚地希望你能澄清事实，还我清白……"

"还你清白？你太天真了！"月仙满脸的不屑和不可思议。

"事情已经发生了，以后吸取点教训吧。不要一味地考虑自己出风头，要换位思考，生存空间是有限的，大家都要往里挤，难免磕磕碰碰。重要的是，你要学会避免磕碰的本领。"

"出风头？月仙，你误会了，我不是故意的。"

月仙继续躺在男朋友怀里，用手刮着他的鼻子，抚摸着他的胸肌，嗲声嗲气地说："亲爱的，刚才我们说到哪儿了？你说，我这下巴削成啥样的你喜欢啊？林志玲的还是范冰冰的？哈哈哈……"

我站在原处，像被人从头到尾浇了一盆冷水，透心凉。我说："月仙，我再问你最后一句，你究竟去不去本部长那里澄清事实？"

"问我一百句也没用，不去不去就是不去……调包怎么了？谁能证明，监控我早就观察了，我们俩的工作台是死角，只要我不承认，你是跳到黄河也洗不清了，哈哈……"一阵荡笑。

我不知道怎么离开的，我的心像麻花一样拧着劲儿疼。月仙是我在国内最好的朋友，今天在异国他乡直接送我下了地狱。我不想探寻根源，我现在最想做的就是立刻把刚才的对话录音送到本部长那里。

对不起！月仙，别说我没给你机会。

（发表于《天池小小说》2019 年第 7 期）

我是你眼里的一尾游鱼

◀ 人类高质量男人

　　我对着镜子无比自恋地跳了几下刚刚在快手上学的爵士舞，尽管动作还有些生硬和蹩脚，但是丝毫不妨碍我的热情。整个下午，我一个人兀自沉浸式地对着穿衣镜痴痴地傻笑。这两天，心情大好。这不，手机又传来了令人振奋的声音：您有新订单了，请及时确认。哇哦，这是我近日来心心念念最期盼的声音，我称它是人类最美妙的声音。

　　半个月前，我在美团上挂了房源，做起了民宿。虽然远不及想象的火爆，但是间或接到订单的那一刻，也是幸福感爆棚。

　　距离国庆节还有半个多月就有订单，难不成真的要实现"国庆大促"？想到这里，心里美得那叫一个爆。

　　我迅速登录平台系统，果真看到一条订单。订单显示，我的民宿在国庆节当天被房客预定，且已被系统极速确认了。只是价格太蹊跷，只有三十六元。三十六元？对于国庆黄金周来说，连零头都不够！怎么会出现这种情况呢？我百思不得其解，之前的惊喜瞬间被惊吓所取代。我火速联系房客，对方未接电话，我给他发短信："先生您好！感谢您的信任，可能是平台系统出了问题，价格发生很大的偏差，麻烦您退订，再重新预定，好不好？"

发完信息，我在想，问题一定会圆满解决的。

几分钟后，房客来电话，表示不能退订，系统出问题就找平台。他只住一晚上，给他个单间也行。我说："先生，我的信息上明明写着出租整套房源，可以住四至五人，不可能以单间形式出租。您看看，能不能重新预定？国庆节日租价格每晚三百五十元，我按照平日价格每天一百八十元卖给您，怎么样？"对方说："那怎么行，那个价我不如住酒店了。"

"住酒店国庆节当天也得七八百了呀。"

"反正您能给我个单间住就行，退订是不可能的，哈哈……"对方斩钉截铁，毫无商量的余地。

最后，房客说："我马上登机出国了，二十二号返回，我负责跟平台联系，看看他们怎么解决。您放心，绝对不能让您吃亏的。"然后，他颇有几分洋洋得意地说，"我是世界500强上市公司的高管，常年在外跑业务，一个月入住酒店二十多天，是各大平台铂金会员，我一定想办法解决这事，您看咋样？啊哈哈……"说完，他径自挂了电话。

世界500强？上市公司精英？各大平台高级VIP……哇哦，一系列的光环，让我瞬间目眩神迷，难道这就是前几年网上爆红的所谓的"人类高质量男人"？今天，什么日子啊，那些高冷傲娇的网红、那些人类高质量男人，如此阴差阳错地闯入了我的生活？我愣愣地呆坐在沙发上，任凭电话发出嘟嘟嘟的盲音。

我期待着这位神通广大的人类高质量男人，凭一己之力，给

我是你眼里的一尾游鱼

我圆满解决价格问题。

一周后，我接到平台客服打来的电话，说房客跟他们联系了，问我想怎么解决。我先是自我检讨，承认价格产生偏差是因为我调整价格时忘记输入一位数字导致的，跟系统无关。但我希望能取得对方理解，要么取消订单，要么象征性地补差价。我如果单方面取消订单，会因违约而受到平台处罚。客服问我需要补多少？我迟疑片刻，正在开车赶路的我不想再过多纠缠，只要象征性地补一点，让我迈过心里这道坎就行。于是，我说看着补吧。客服跟房客商量后，往我的支付宝里转了四十元钱。

也就是说，我在新房上线后第一个旅游黄金周的首日，传统的国庆节，我的八十五平方的两室一厅以七十六元的价格预售了出去。我是不是世界上最美丽的包租婆？民宿交易史上属实欠我一个最有爱心奉献奖的勋章。既然退订不可能，我决定坦然面对。

我想，钻了世界上最大空子，刷新他入住酒店历史创最低价的人类高质量男人终归能给我个好评吧。想到这，我心里聚起来的疙瘩逐渐开始舒展开来。

入住当天，我给人类高质量男人发了定位，告知了地址、门锁密码。他随即给我打来了电话："房东，您放心吧，我一定会好好爱护房间设施和物品。我在 A 城某某高档小区也买了两套房子，只是没来得及装修。我还在北京买了两套房子，我也不差钱，我就是网上大家公认的人类高质量男人哦。啊哈哈，我一定给你一个好评，俄罗斯信号不好，等我回国后一定给您补上。啊哈哈……"

我带着听天书般后的惶惑和敬意，等着他继续说他的丰功伟绩，我甚至以为，他下一句有可能说出埃及的金字塔和泰国的普吉岛都有他的股份之类的话。恍惚中，他再次挂断电话。

人类高质量男人退房后，他让我去做保洁。

随着密码锁的一声开启，一股刺鼻的气味扑面而来，茶几上吃剩的泡面和水果爬满了苍蝇，嗡嗡地飞来飞去；洗手间一次性用品扔得满地皆是；卧室的被褥脏兮兮满是污渍；床头柜上投影仪零散地洒落在地上已经粉碎；拖鞋仿佛也在跳爵士舞，左脚撇在厨房，右脚扔在饭桌底下……整个房间满地狼藉。

我登录平台，惊讶地发现人类高质量男人申请了免押金入住。无论怎样，我都无法通过扣除押金补偿我房间的一切损耗。

随后，我拨打他的电话，无法拨通，我去平台评价系统查询，没看到他关于评价的只言片语。

（发表于 2023 年《天池小小说》12 月上半月第 23 期）

我是你眼里的一尾游鱼

◀ 亲口说声对不起

　　我带领班组所有的人，在腊月二十三这天，好不容易雇了一个面包车，连夜赶往某镇。

　　平时小王家事也不少，不过都不是至亲，可以不去，但今天非同寻常，我们必须去看看。特别是我作为部门领导，必须在职工最需要的时候，送去组织上的关怀和温暖。

　　我们翻山越岭，穿过一村又一村，眼看着离某镇不到二十公里了，车嘭的一声，爆胎了。

　　十多人在车里东倒西歪叠落在一起，相互挤压……有几个人有点皮擦伤，哎呦哎呦地哼唧个不停，好在没有生命危险。我赶紧拿出备用的医药箱，简单给他们处置一下，然后下车巡视路况。

　　这条路很蹊跷，一面环水，一面是平地，根本不存在落石，为什么突然有一块石头横亘在这里，难道真有车匪路霸？我转念一想，立刻否定了这个想法，这太平盛世的，怎么会呢？

　　司机很沮丧，这，这，这是啥事啊，还等着回家过春节呢。

　　此时，电话铃响了，是小王。

班长，你们到哪里了？这黑灯瞎火的，太麻烦了，还是别来了，原路返回吧。

"哦，小王啊，我正想给你电话呢。眼瞅着快到你家了，车还爆胎了，车主没有备用胎，你看看村里有没有补胎的，请求一下支援。"

"这，这，班长……"嘟嘟忙音。

小王撂下电话，虎着脸拨通了一个电话。在电话里他大发雷霆："小胡闹，你真不愧你妈给你起的这个名字啊！刚才我不是说好了嘛，点到为止，只要给他们增加点行车难度就可以，怎么就爆胎了？你是怎么弄得？"

对方在电话里一顿解释："王哥，误会，误会，我没想我手下那几个笨蛋，弄了一个大块石头放在那里啊，这里的落石都是刀削斧砍般，唉，我一定不能饶了他们……"

"你真混账，这点破事还找什么外人，你一个人做就行了呗，真是胡闹，胡闹……"

小王气得不行了，这出戏演到现在，不知道该怎么收场了。

他原本只想阻挠班长来他家而已，结果事情闹大了，这可怎么办呢？

弄不好还得修车补胎赔损失，哎呦呦，真是机关算尽太聪明……小王在心里直骂自己。

小王后悔得肠子都青了，家里这摊还离不开自己，怎么办，怎么办呢？

他也顾不上许多，先把眼前的事情办完再说吧，就等着挨班长的剋吧……

我们在路上等了半个小时，也不见救援队伍过来，眼看无望，但是小王家的事情不能耽搁了，天亮之前必须赶到目的地。我拿出警示三角架，放在 1 公里以外。我把我的身份证、驾驶证还有一个装有少量现金的钱包押给了司机，让他打车先返回去，等事情过后再回去结算。然后，带着十多个人，在伸手不见五指的乡村道上，截了一辆又一辆来来往往的出租车，终于有三个司机先后停下来，把我们带上，直接奔着小王家里去。

终于到了，我长出了一口气。好在没有耽误小王母亲的告别仪式，我有点欣慰。

远远地看到一个大院里搭着一个灵棚，唢呐声此起彼伏的，很壮观。应该就是这家了，我带着兄弟们呼啦到位，在院里扑通扑通作揖磕头……司仪走过来，问我是谁的亲戚。我告诉他我是小王的同事，是来吊孝的，想为小王的妈妈送最后一程。

小王是谁？他妈妈又是谁？

司仪有点丈二和尚摸不着头脑。

"小王就是王云凯啊？他不是煤炭公司的吗？"

"哦，王云凯，我知道。但是，逝者不是王云凯的妈妈。"

那是谁？是他的姨妈？

姨妈？难道我听错了还是看错了？我再次打开手机，微信的班组群里明明写着是小王的妈妈去世……这究竟是怎么回事？

此时，小王从屋里走出来，扑通跪倒在地，说："班长，对不起，班长，其实不是我妈妈，是我的姨妈，姨妈待我视如己出。

最近家里事多，我把公休假、各种病假事假都休完了，实在不好意思再请了，所以就就出此下策。其实，话一出口，我就后悔了，不如当时实话实说，结果弄出笑话来……"

"姨妈？请假？爆胎，是咋回事？难不成是你有意人为制造的？"

"我发现已经阻止不了你们来的时候，只是想让你们慢点到达，没想到弄巧成拙。实在对不起，班长！对不起！"

我一拳怼到小王的脑门上，怒斥道："你这个混账东西，人命关天，岂可儿戏？你这是作孽，你知道吗？"

此时，电话又响了，是班组一个兄弟打来的："班长，你快回来吧，你们雇佣的司机在返回的路上又遭遇了车祸，现在在医院里。"我的脑袋嗡地一声。

我迅速返回，我必须赶回去看那个无辜的司机，我要竭尽全力去救治他，我要在他醒来第一瞬间，亲口向他说一声对不起。

（发表于《天池小小说》2019 年）

我是你眼里的一尾游鱼

◀ 妈妈，您幸福吗

女人躺在床上，满身插满了管子，像一套搭建完整的农田水利灌溉设施。

门外，男人拿着一沓化验单，犹豫徘徊。怎么跟她讲呢？刚才医生的话如同一个炸雷，惊醒了梦中人。

"虽然你爱人和孩子配型成功，但是我们发现孩子有先天性心脏病，你爱人患有乳腺癌三期，脊髓移植手术不能做，乳腺肿瘤必须尽快切除……"

"心脏病？乳腺癌？这，这是怎么回事？我只知道她有乳腺增生。"

"你们孩子是非正常受孕，孩子的不健康概率和母亲患病概率都是很大的，是有风险的。当年，大夫没跟你们交代清楚吗？"

"交是交代了，可是当年……唉，医生，现在，这是唯一救孩子的机会啊，脊髓库都等了半年了，光是血型就很罕见了，我爱人她身体好，我们再好好调理调理……"

"乱弹琴！"

男人傻眼了。

他来到女人床前支支吾吾地说："孩子妈，咱们可以再等等脊髓库的消息，你这身体状况，很危险，光熊猫血不说，现在糖尿病并发症必须先治，然后等……"

"不，我要救孩子！救孩子！"女人激动得捶胸顿足。

……

在女人隔壁，六岁的若丹、若妮昏睡不醒。两个小家伙脸色灰白，嘴唇绛紫。男人百感交集，六年前的情景浮现在眼前。

产室里，婴儿的啼哭声、亲朋好友的感叹声、家人忙碌的身影，构成了医院产科的一道亮丽的风景。孩子的降生无论对于家庭、社会乃至整个医学界都是一个传奇。

传奇维持了六年。

六年里，女人出去演讲、打工赚取生活费，一个月也见不上孩子一面。孩子由保姆代管，分不清谁是真正的妈妈。有一次，女人回家，两个孩子挡在门口异口同声地说："你是谁家老奶奶，找谁？"女人内心无比失落。

这能怪谁呢？

要怪就怪春节前夕的那场意外：新婚燕尔的女儿女婿在回老家的路上遭遇车祸。女人每天看着女儿女婿的婚纱照，以泪洗面，茶饭不思，生不如死。

她疯狂地把积攒了半辈子的首饰变卖后，找到了全国顶级的产科医院，要求再生。医生不停地摇头说："阿姨，开什么玩笑？六十岁高龄做试管婴儿，在全世界也没有成型的临床经验，我不能陪你让人笑话……"

女人辗转了多家医院，最后一家私立医院接受了她。于是，恢复月经、促进排卵、取卵、体外受精、试管培养、胚胎移植……

不知打了多少激素针，做了多少监测和检查，为了确保成功率，胚胎移植了三个，一个月后全部着床……如此高龄孕妇，必须实施减胎手术，最后留下两个，就是现在的若丹和若妮……

一想到这，男人的心碎了。

六十六岁了，老年人或多或少都有心肝脾胃肾方面的毛病，加上手术折腾加速了身体衰老的进程。现在并发症严重，今天又突然癌症三期……男人一拳砸在墙上。

……

晚上，男人给女人带来了晚饭，看着老伴充满希冀的眼神，男人心里一个劲地抽搐。

老伴、孩子，哪一个都是亲人。

既然给孩子生命，就希望孩子每天沐浴着阳光健康成长，才六岁啊，就有白血病、心脏病；老伴呢，先是丧女之痛，白发人送黑发人，然后死乞白赖找医生大命换小命生了两个孩子，本以为可以延续母爱，弥补创痛，结果不仅不能给孩子健康，还自身难保……究竟哪里不对头呢？

男人爱怜地将了将老伴稀疏的头发。

"孩子妈，手术我尽量跟医生谈，早点安排。只是，这两天我在微信群里联系了那个熊猫血志愿队，血源充足咱们才能做，对不对？"女人点点头。

第二天，男人办理了调科手续，跟外科医生联系，确定了手术时间。

女人很开心，想想两个宝贝女儿马上能够健康起来，她就很激动，脸上的皱纹舒展了许多。

　　手术如期进行。

　　女人迷迷糊糊醒来后，胸口隐隐作痛。她顾不上自己，焦灼地问丈夫："孩子怎么样？"男人回答："一切顺利！"

　　女人很欣慰，当麻醉药效全部失效的时候，她惊诧地发现她住的血液科变成外科，医护人员也变了。

　　她想下床，胸口剧痛。她打开被子，发现一侧乳房是平的，这难道，难道？她摸了一下，"啊"的一声："我的乳房呢？老公，这是怎么回事？"

　　男人走近她，把女人抱在怀里，沉默良久，他说："对不起，孩子妈，我们先保证自己活下来，才能给孩子幸福，对不对？你的乳腺有了病，只能先治疗后，再考虑下一步……"

　　"我不就是乳腺增生吗？老毛病了，至于拿掉吗？下一步？你的意思说，我没和孩子做脊髓移植手术，对吗？"

　　"对！"

　　女人紧握男人手的手骤然松开，颓唐地瘫在床上，神情呆滞、黯然神伤。渐渐地，她进入了梦乡。

　　梦里，一个穿婚纱的女孩向她走来，亲了亲她的额头，说："妈妈，我只不过先走一步，我永远都是你的女儿，你何苦如此？您在怀若丹、若妮时，您满满的爱依然在我身上。只不过，她们的出现让您实现了爱的代偿。现在，若丹、若妮危在旦夕，您又得了不治之症……妈妈，这六年，您幸福吗？"

　　……

◀ 你没资格道歉

我是被老板娘踹出门的。

在这个秋风瑟瑟、大雨如注的异国他乡的凌晨两点，我被会社的老板娘，在没有任何征兆的情况下，无情地扫地出门。此前，我在她家工作了整整三个月。

我拖着箱子，不知到哪里去。

我躲在树下，瞬间变成落汤鸡。无奈，我躲在一个楼道里。

这个国家夜生活很丰富，楼道里成双入对的恋人进进出出，左揽右抱，幸福无比。

这不得不让我想起了小施。

小施是我不久前办理入境手续时认识的男朋友。当时，我不小心把护照掉在地上，他仿佛从天而降，一个箭步冲上去，捡起护照交给心急如焚的我……

如此相识。

可今天，我并不想给他打电话。这几天他频频示好，可我不想在如此短的时间内跟他有太多的瓜葛。

可是，雨下个不停，我瑟瑟发抖。明天，不，确切点说是今天，我去哪里呢？

我不得不给他拨了电话，不通，这让我有点意外。以前，任何时候给他打电话都是畅通的，而且无一例外地说："亲爱的，有什么事吗？"而今天，莫名其妙地关机了。

我胆战心惊地在楼道里蹲了两个多小时。

天蒙蒙亮时，我去了他的宿舍。

小施看到我很惊讶。

他说："没关系，我们还可以慢慢再找工作。"

"可是，老板娘凭什么诬陷我啊？我连客人落下的钱包都能物归原主，她家一个老掉牙的破化妆包不见了，随随便便地赖到我头上，冤枉死了。"

"施健亚，你们认识，你跟她解释清楚，让她必须诚恳地向我道歉……"

"哎呦喂，我的小宝贝，道不道歉能咋地，我们不去工作就是了。在A国，像她家那样的会社有的是，我们不能一棵树吊死，我等着明天托朋友再给你找一份……"

说完，小施把我拥在怀里，开始呶着嘴亲我。

我挣脱他："不行，那个会社是你介绍我去的，必须跟她澄清，不能无缘无故冤枉我，诋毁我的名誉。别说一个普通的化妆包，就是金子做的我都不稀罕，真是以小人之心度君子之腹。这个忍了也就算了，最不能容忍的是，她赶我出来时竟然还说，咱们国家的人都爱贪小便宜，这侮辱的不仅仅是我一人……"

我是你眼里的一尾游鱼

说完，我的眼泪下来了。

被赶出来时我没哭，可是在我详尽地叙述完后，小施那不为所动的冷漠表情让我伤心了。

我转身拎着箱子就走，走了几步，我停了下来。

"施健亚，你到底联不联系？"

"联系谁？"

"元社长，或者你就直接联系他那个刁钻刻薄的老婆，你要是不去，我去元社长那里反映情况。但是，前提是你必须把帮我保管的八万元还给我，我现在就出去租房子找工作……"

小施连声说："我的小姑奶奶，有话好好说嘛，租什么房子？你一个人我哪放心啊？这样吧，今天你先在这里将就一晚上，我睡沙发，睡沙发总可以吧？明天我就去找元社长，让他好好教训一下那个千刀万剐的黄脸婆，还想逆天不成！"

不知为什么，此刻小施突然紧张起来。

晚上，我躺在床上，有些伤感。女儿电话里一直喊着要妈妈不要楼房的情景，刺激着我敏感而脆弱的神经。我翻来覆去睡不着，突然尿急。我蹑手蹑脚去卫生间。

走近门口，突然里面传来了一个低沉的声音："元社长啊，咱们合作了这么多年，这次怎么就能在小阴沟里翻了大船呢？我只是想让你们配合我一下，她走投无路来找我……您说说，您夫人怎么就能用那么低级的手段啊？她不能拿个首饰或者珠宝啊？弄个化妆包是哪辈子的事了？而且您夫人，还说了不该说的话，什么我们国家的人爱贪小便宜什么什么的。您知道她来之前是干什么的吗？她以前是老师！老师，知道吗？知识分子，最较真的一个阶层。这回砸了，鸡飞蛋打，连那钱她也要了，您看看，能不能让您夫人先给她道个歉，先稳住她……"

我七窍生烟。

咣当一脚踹开了门，就像老板娘踹我一样毫不含糊。我一脚踢过去，正好踢中施健亚的命根子。他哎呦哎呦地呻吟着："小宝贝，你疯了吗？怎么这么狠呢，你不想让我做人了吗？"

"你本来就不是人！你无耻，你这个大骗子！是我瞎眼看错了人，你个败类，中国人就是有你这样的败类，才祸国殃民的。在国外不仅不团结，还相互倾轧，自相残杀，现在你马上跟着我去法务部，把最近几年干的见不得人的勾当，一一交代清楚，也许还能争取个宽大处理……"

"姑奶奶，你听我解释，我家小儿子得了罕见的绝症，需要手术费五十万。走到今天，我也是迫不得已，现在特别后悔，这就跟你道歉，我们从头开始……"

"呸！你真是天真！做了缺德事像没事人似的，还想从头开始？你在考验我的智商呢？你以为就你一个人有孩子吗？别人家孩子不是宝贝吗？你现在悔悟，太晚了，你没资格道歉，你不配！我不接受你的道歉。"

我决绝地拽着施健亚的衣服领子，死命地拖到室外："计程车，计程车……"

我发誓不惜一切代价把他带到法务部去。

（发表于《天池小小说》2019年第7期）

我是你眼里的一尾游鱼

第五辑

雅致清逸

◀ 最后的希望

王丽华到了忍无可忍的地步，一大早就跟陈厚淳大吵了一通。

这并不说明两人感情不好。

吵架是因为另一个人。这人不是情人，不是红颜知己，而是陈厚淳三十多年的老战友赵树仁。赵树仁十年前做生意借了陈厚淳十万元钱，当时说一分五的利息。陈厚淳说战友之间谈利息伤感情，拿去用吧，这一拿就是十年。十年间，王丽华和陈厚淳经历了失业和再就业、儿子上大学、老人患病人生至暗时刻。夫妻俩也曾要过债，可是每次赵树仁都阴阳怪气地说："你就差这点？我做生意还能欠你钱？现在资金周转不灵，等有钱时第一个还你们……"

不知不觉，陈厚淳和赵树仁之间变成了"站着借钱，跪着要债"的局面。被媳妇这么一闹，陈厚淳必须出门了。临走前，王丽华咬牙切齿地说："你今天再要不回来钱，就别回来了，去跟你的赵树仁过日子吧！"。

陈厚淳悻悻地出了门。

十年了，陈厚淳夹在媳妇和战友之间，左右为难，比婆媳关系都让他头疼。

他何尝不想要钱呢？赵树仁满世界找项目做生意，天马行空，神龙见首不见尾，上哪儿找他呢？

陈厚淳漫无目的地走在堆满落叶的街上，心生惆怅。

陈厚淳出门后，王丽华也开始行动了。她笃定了陈厚淳是要不回来钱的，否则他俩也不会因此经常翻脸。王丽华不是胡搅蛮缠的人，即使日子再艰难，夫妻俩都没红过脸。但为了这十万元钱，她一哭二闹三上吊，使出浑身解数，逼着陈厚淳索债。她也不是守财奴，也不是不仗义，她太需要这笔钱了。半个月前在医院做的肿瘤标志物（癌细胞）筛选检查中，她有三项指标不正常，她必须到省城的三甲医院进一步确诊。此前，是万万不能跟陈厚淳透露的。她爱陈厚淳爱儿子更爱这个家，她不忍心让陈厚淳为自己担惊受怕。如果没有"借钱事件"，他们绝对算得上温馨和睦的三口之家了。

王丽华必须要到钱，这是最后的希望了。王丽华查了查日历，对，没错，就是这个月。

她匆匆走出家门，飞速来到赵树仁的单位，找到人事部门负责人说："同志，我打听一下，贵单位的赵树仁是不是这个月退休？"

人事说："您是她家属？"王丽华摇头。

"那你操得哪门子心啊？"

"我……"

王丽华一五一十地把赵树仁借钱不还的事和盘托出。人事笑了笑："大姐，你的心情可以理解，但是我们工作是有原则的，我们无权将一位职工的公积金转给任何一个陌生人。更何况我们只是办理退休手续，公积金得去公积金管理中心取。"

王丽华说："是是是，我没想在您这领钱，我只是想让您帮个忙，一旦赵树仁来这取退休审批手续时，麻烦通知我一声，我就可以跟他商量还钱的事了。"听到这，人事干咳了两下，抬起右手放在了嘴角边，思忖片刻："大姐，你说得有道理，但不可能了。"

"为什么？"

"因为赵树仁在上个月已经办理完退休手续，估计公积金已经取回了。"

"这，这不可能！他的生日是 1956 年 9 月 12 日，他跟张国荣同年同月同日生，记得他在 KTV 唱歌时，曾向我们炫耀过，我清楚地记得……"人事又笑了："大姐，市里只认他档案中参加工作时填写的招工表上的时间，他恰恰提前了一个月。"王丽华感到天旋地转，不知如何离开的。

她悲愤交加，欲哭无泪。街上每一位过往的行人，岿然不动的建筑物，好像无不嗤笑她的幼稚和单纯，连老天都在断她的后路。一年前，她就开始计算赵树仁的退休时间了。她每天都掐指算着，心里盼着，这是她内心的一个秘密，生怕走漏风声，被赵树仁其他的债主抢在她前面……这，这可是她最后的希望啊。王丽华的世界坍塌了，她一路呼号，跌跌撞撞地踉回家里，痛哭流涕、茶饭不思。

......

当陈厚淳像个战斗英雄带着无法掩饰的骄傲和兴奋返回家时，王丽华破涕为笑了。

陈厚淳喜滋滋地从包里拿出了十捆钱，对着王丽华："呶，给你，我说赵树仁不能坑我吧？你还不信。我们俩三十多年的战友情了，怎么能坑我？"

王丽华悲喜交加，梦呓般喃喃自语："怎么，要回来了？他真的没花吗？都一个月了，真的没花吗？"

陈厚淳纳闷："咋了，高兴得说胡话了？什么一个月两个月的，真不知你在说啥。"

第二天一大早，陈厚淳又出门了。

他必须抓紧时间去无抵押贷款公司补按个手印，他也不知道啥时候能把这十万元钱还上,一年？两年？也许更长。但人是要讲信用的。若不是贷款公司印泥没了，是不可能同意他先取钱后补手印的。他边走边愤愤地自言自语："赵树仁啊，赵树仁，我本来让你算是砸锅卖铁也要把钱还给我的，可是你怎么就把日子过成这样？房子抵押了，老婆跑了，姑娘不待见你。昨天我去你出租房时，院子里一堆要债的，你糖尿病加重了，脚丫子烂了，眼睛看不清了，你竟然认不出我是谁了。你让我怎么开口呢？"

（发表于《金山》2016 年第 10 期）

◀ 舍　得

回家路上，我像一个泄了气的皮球，一下子瘪了。

汽车鸣笛声仿佛是背景音乐，和着哥哥电话里的怒吼在耳边不停回响："你傻啊？一分钱没给你就把房子给人家过户了！这还不说，连个欠条都没打。你，你，你是慈善家、救世主还是土豪啊？你想把我气死吗？真是个傻阿甘！"

傻阿甘？已记不起何时背负此盛名了。

哥哥骂得没错。

就在刚才，确切点说，半小时前，在买主没付一分钱的情况下我毫不犹豫地把房子过户给了人家。从法律意义上讲，这房子，从此跟我没有半毛钱的关系。就像离异的夫妻，虽有剪不断理还乱的情分，但一纸法律文书，从此天各一方，相忘于江湖。想到此，自诩为视金钱如粪土的我，内心隐隐生出一丝哀伤。鼻子一酸，泪下来了。

扪心自问，是我糊涂还是意气用事？一百多平方米的房产，如此不明就里拱手让出？是我天生不设防？还是买主满腹经纶、博学多才，无法让人和"欺骗"联想在一起，抑或只因他瞬间能认出我名字中那个与三十年代老艺术家重名的"嵬"字？要知道，四十多年我周围没有一个人能认识这个字的。当年，小学老师就"鬼鬼"地叫了我六年。总之，我鬼使神差地把房子过户了。说好了，他们用公积金贷款还我钱。

推开家门，平日里那个玩世不恭、桀骜不驯的儿子依旧在客厅等着我。所不同的，这个已经进入青春期的儿子今天竟然满眼温情。杂乱无章的房间焕然一新，显然被他精心整理过。看到我，儿子在我脸上亲了亲，腼腆地说："爸爸，请你抓住我的手，闭上眼睛，随我来……"

我闭上眼睛，随他大约走了几步，睁开眼，发现餐桌上摆放着一个设计精美的大蛋糕，上面有一棵树的图案，树下还有棵小草。小草旁赫然写着："爸爸，生日快乐！在我心目中，你就是一棵树，为我遮风挡雨的大树。愿明年的今天，你能遇到满意的女朋友。爱你的小睿睿。"

突然有点受宠若惊。

生日？女朋友？

这是离异五年来根本不敢奢望的。

如果说，刚才仅仅是喜出望外，那么现在我已经欣喜若狂了。

五年来，儿子与我相依为命，从一年级到五年级，我竭尽全力既当爹来又当妈，千方百计哄孩子开心，却从未看到儿子开怀大笑过。我拒绝了许多异性朋友火辣辣的目光和友好的暗示，我天生不擅长处理男女关系，生怕儿子受委屈，只好一一回绝。

但今天，儿子竟主动给我过生日，还在蛋糕上写下如此烫人的话语。

窗外的天突然变得很蓝。

翌日，我亲了亲熟睡中的儿子开始上路了，我要赶到一百多公里以外的县城上班。家和单位，两点一线，虽不远，却连着我和儿子的牵挂和思念。我不能给孩子完整的家，但我至少要把工作干好，把孩子养大，让孩子受到最好的教育。这是目前我唯一的生活原动力。

今天召开中层干部竞聘会，再磨蹭真就来不及了。我带上伴随了我多年的那本倒背如流的《鲁滨逊漂流记》出发了。

……

刚迈入单位门口，同事们蜂拥而来，一口一个科长叫得我莫名其妙。还没竞聘呢，这怎么，怎么就出结果了？"哦，马科长，你有所不知，刚才突然接到通知，领导班子集体去省城学习，竞聘会取消。临走前，专家组审核了你的简历和竞聘稿，又走访了基层群众，无论是论资历、业绩、政治素质、业务能力，还是群众基础……你都略胜对手一筹，你就这样被破例提拔了。开心吗，大科长？"

办公室的小黄摇头晃脑，好像这科长的职务是她赐给我似的。

"老马好好干，"古道热肠的王姐也拍拍我的肩，"多年来的努力没白付出，今天修成正果了，你知道为啥吗？"

我不明白为什么，我只知道，我活着的终极目标就是把工作干好，把孩子养大。

……

那个一分钱也没得到便给人家过户的房子着实令我如鲠在喉。

期望买主的公积金早日提取，我少一点煎熬，至少在哥嫂面前不至于无法抬头。尽管那房子是我的，跟他们毫无关系。但是，说实话，年过半百如此处事，足已惊天地泣鬼神了。

三天后，我收到一份补充合同："欠马崴房款三十万人民币，自过户之日起，一个月内结清。"

一周后，我又接到对方电话："老马，你把账号给我吧，我把钱打给你。"

一分钟后，手机短信提示进账三十万零壹千元，正纳闷时，又一短信尾随而至："老马，你让我充分体验到了人性的光辉与美丽。你身上'傻根'般'天下无贼'的美好品质，恰是这个社会上最缺乏的。壹千元不多，作为奖励给你可爱的儿子吧。"

（发表于《图们江报》2015 年 8 月）

◀ 鞠 躬

林书记在办公室里焦灼地等一个电话。

自从他驻幸福村任第一书记开始，电话便每天响个没完。今天，座机和手机都没响。大山里没有信号，打不出去，只能断断续续地接听。没办法，等吧，他心想。

凌晨三点，电话响了。

"林书记，王富贵，他突然病了，您快去看看吧。"村干事小王语无伦次。

他急三火四地赶到王富贵家。

王富贵躺在床上呻吟不已。

他整个身体上下起伏，目光呆滞；满是老茧的双脚泛黑，局部渗液，流脓，溃烂。左脚小趾和右脚食趾已经不全了。

他抓住林书记的手，气若游丝。

他说："我，我不能去医院。前几天网购的盆栽人参根茎都到了，苗我已经泡好，现在室温正合适，我跟老张头约好了，明天就动工。如果不栽上，苗就会烂掉，那我们的钱，不是打水漂了吗？这个项目也是您去长白山引进的啊，一旦成功，就能推

我是你眼里的一尾游鱼

广……”

说完，老王脑袋一歪，没了意识。

林书记轻轻摇晃着老王："老王，你听我说，栽苗可以放一放，你的病不能再拖了，我现在马上联系 120 救护车。"说完，他给小王挂了电话。

小王气喘吁吁跑进来，说："书记，雪下大了，现在大雪封道，什么车也进不来，还是想想别的办法吧。"

林书记这才发现，小王满身是雪，头发和眼睫毛好像变成了微型的树挂，在微弱的灯光下，闪闪发光。他推开房门，发现刚才还是浅浅的脚印，已经被皑皑白雪掩盖得没了踪迹，整个村庄变成了白茫茫的世界。

小王说："林书记，这里有我呢，你还是考虑一下想办法回趟家吧。刚才办公室电话又响了，阿姨说，你，你……"

"你什么你，就你话多，"没等小王说完，林书记打断了他。

"你赶紧去村头叫几个小伙子来，顺便找些松木杆、铁丝、钉子、绳子、棉被、雨伞……"

"啊，您这是？难不成……？咱村离市里少说也有三十多里路啊。"

"让你去你就去，哪来那么多废话！人命关天，再耽误怕是来不及了。"

林书记又瞅了一眼王富贵那一张一合的嘴，额头上渗出了水珠。

"我一定救你，老王，你从一个泼皮无赖、游手好闲的贫困户到转变态度，配合支持我的工作，现在又带领全村贫困户脱贫，发展乡村经济，我怎么能见死不救呢？今天就是抬也得把你抬到医院！"

林书记盯着着老王的脸。须臾之间，这张脸变成了一个水波纹似的晕圈，幻化成另外一张的脸。这张脸，爬满了大大小小核桃纹，慈祥和蔼，笑容可掬。不是别人，正是自己那个病入膏肓的老父亲的脸。他的表情开始凝重起来。

在林书记的带领下，他们几个人迅速做了一个简易的单架，大家伙把老王抬上单架。老王的老伴给林书记深深地鞠了一躬，哽咽着说："林书记，谢谢您救他！"

他们抬着王富贵上路了。

这场雪来得实在不是时候。

全村经济作物试验田的种子这几天也要发芽。那些刺嫩芽、刺五加、红菇娘各个项目即将启动，疫情期间原本就不方便与外界联系，出门回来得必须隔离。所以，非必要林书记是轻易不出门的，哪怕是回家！一想到回家，他的心里好像吃了个秤砣，沉甸甸地堵得慌。

他们窸窸窣窣地穿行在雪地里。

脚印深深浅浅，时断时续，在春寒料峭的清晨，一行人瞬间变成了一幅水墨画：一个单架，一串凌乱不堪的脚印，一排徐徐前行的雪人。

当晨曦微露，东方吐白时，他们走到了城乡结合处。此时，城市开始苏醒。他们与120救护车会合，及时把老王送到县医院急诊室。

多年的糖尿病导致老王的身体出现了严重的并发症，动脉硬化致使脑神经病变出血，医生说幸亏送来得及时，否则有生命危险。

林书记向医护人员深深地鞠了一躬，连声道谢，一颗心终于落了地。

此刻，岑寂多时的手机突然响了。

电话里传来母亲苍老的声音："儿啊，你爸他，他刚才走了，往你办公室打电话，你咋没接啊？不是说好这几天等电话吗？那个小王没跟你说吗？"

妈妈埋怨着，然后接着说："你说奇不奇怪，你爸已经半个多月不吃不喝不说话了，可是就刚才，他突然能说了，他说就想跟你说会儿你小时候的事儿，他还说他不该在你高考失败时，说下那样的狠话，他希望你放下……"说到这，母亲开始啜泣。

林书记痛苦地闭上了眼，父亲的音容笑貌在他的脑海里时而清晰时而模糊。

"儿啊，爸知道你忙，你不用惦记我，组织信任你，幸福村200多户的村民和60多个贫困户离不开你，他们比老爸更需要你……"话音甫落，老爸的笑容消失了。

林书记使劲揉了揉眼睛，对着千里之外的家乡深深地鞠了三个躬，他想说："爸，我知道，您说我这辈子没啥出息就是为了激励我不放弃学习，我早就不怪您了。没能给您养老送终是儿子的不孝……"

可是此刻，他嗓子眼仿佛被一种巨大的力量扼住，千言万语拥堵在那里，竟然一句话也说不出来。

（发表于 2022 年 10 月《图们江报》）

◀ 蝴蝶结

去看你的时候，是一个夏风习习的午后，我带着曾被你视作生命的女儿——灵儿。

我们洗了澡，精心地打扮了一番：我穿上你送给我的连衣裙，顿时恢复成曾经的那个阳光女孩；我为灵儿扎上你亲手做的蝴蝶结，她兴高采烈地在镜子前左顾右盼，俨然小时候的你。我兴奋地憧憬着我们相见的画面：欢呼、奔跑、拥抱、泪水……

几经周折，我们来到古木参天、苍松掩映、翠柏环抱的静心庵。

雕龙画柱，宏伟壮观。一声禀报过后，一个曾经熟悉的身影款款走来，青衣云袜，双手合十。四目相遇，我激动极了，在你迷离的目光中搜寻着从前的记忆……

"姐——"我低唤，你平静地望了我一眼："阿弥陀佛，请问施主有何指教？"我愕然。

"我是慧儿呀，你不认识我了？我是曾经和你朝夕相处的慧儿呀！"

"这位施主，小尼已遁入空门，从前的一切已随风而去，若

我是你眼里的一尾游鱼

无他事，就请便吧！"

你程式化地深鞠一躬，做了一个送客的手势，甚至没有看灵儿一眼。我的心刹那间锥刺般疼痛。灵儿好像才反应过来，上前揪住你的青衫使劲摇晃着："妈妈，我是灵儿啊，你看看我呀。我要你跟我回家，我要你穿漂亮衣服，灵儿以后再也不惹你生气了，这次考试我又得了满分，我的图画还得了大奖，市里还给我发了小雏鹰奖章呢！妈妈！我还会跳舞，舞蹈老师说了，我长大了会像杨丽萍阿姨一样跳孔雀舞和蝴蝶舞的，妈妈，真的，灵儿没有骗你，没有骗你……"

灵儿边说边生涩地跳起舞来。

微风中，她显得那样孤单寒怆。无论灵儿怎样努力，你平静地轻抚了她的头发，淡然的目光滞留在蝴蝶结上。

你想起了什么？飘忽不定的感情、奔波劳碌的生活，还是跌宕起伏的命运？

我知道，为了生活，你付出了太多。可是，你都挺过去了啊！

那年，刚出生的灵儿被确诊为先天性心脏病，医生说她活不过十三岁。你那不负责任的男人执意要把灵儿送人，要你再生一个延续香火，否则就以离婚相挟。你悲愤地痛斥了他，然后把他扫地出门。那一刻，你也将他所有的责任清扫得一干二净。每年换季时，灵儿总是嘴唇青紫，呼吸困难，她不能像其他孩子一样读书，更不能到户外活动，她眼巴巴地看着小朋友做游戏，捉迷藏、踢毽子……

她看天空翩跹起舞的蝴蝶，看栖落枝头的蜻蜓，看自由飞翔的小鸟，灵儿的眼里充满了忧伤。她对你说："妈妈，我什么时候也能像蝴蝶那样跳舞呢？"你无法回答。你带着她来到郊外，避开城市的喧嚣，灵儿躁动的心灵迅速恢复了宁静，她痴痴地望着舞动的蝴蝶入神……

冬天，灵儿再次病倒住院，医生摇头说让你准备后事。你几乎崩溃，你发疯一般跑到院子里捉蝴蝶。可哪有蝴蝶啊，你在院子里跑，脚都冻僵了。无奈，你连夜赶制了许多蝴蝶结摆放在灵儿的床头，整夜拍着灵儿，嘴里唱那首灵儿最喜欢听的歌："泥娃娃，泥娃娃，一个假娃娃，也有那眼睛，也有那嘴巴，就是不说话……"

奇迹发生了，昏迷三天三夜的灵儿醒了，病情也一天天好起来。

可是，如今你真的看破红尘了吗？世事的繁华和孩子的真挚情感真的打动不了你？有太多太多的门为你敞开的啊！

返回时，天突然变了，"山雨欲来风满楼"，灵儿泪流满面，瑟缩着紧紧贴近我，好像生怕我这个唯一可以依傍的人也弃她而去。

看着灵儿头上的蝴蝶结，我突然发现蝴蝶的两个翅膀已经不见了，是孩子跳舞时脱落的，还是山风吹走的？我下意识地紧紧抓住了灵儿的手，耳边响起来熟悉的《泥娃娃》："泥娃娃，泥娃娃，一个泥娃娃，我做你爸爸，我做你妈妈……"

（发表于《东北电力报》2005年10月）

◀ 幸福的轮滑

　　我穿着轮滑鞋，一手拽着拉杆箱，一手拉着老奶奶，在高铁站的地下通道迅速赶往轻轨方向的入口。

　　既要照顾到老奶奶走路的承受极限，又要在极短的时间内避开熙熙攘攘的人群，通过一千多米的通道，这在我十多年的轮滑生涯中，还是头一次。

　　老奶奶说："孩子，可以再快点，再快点，要不来不及了。"

　　我是个追风少年，关上门我感觉世界都是我的；敞开门，我又觉得我是世界的。

　　今天在通道里轮滑，并非像以往那样为了效仿电视上鹿晗拉风耍酷的样子，而是在我软磨硬泡后领队允许我独行的第一个疯狂的举动。

　　现在轮滑变成一种交通工具，我要把和我牵手的老奶奶送到她想要去的 3 号轻轨站入口，她有十万火急的事。

　　正是下班高峰期，坐轻轨无疑是老奶奶唯一的也是最佳的路线。

　　到了电梯口，我对老奶奶千叮咛万嘱咐。

"乘电梯下去后右拐出门口，您会看到一个小房子，进去买一张两元钱的票，上车后在车体上方找站点的示意图，红灯亮时，听到报站名下车……"

啰嗦完，我目送着老奶奶萧索而落寞的背影。恍惚中，我的眼前出现一个画面，那是五年前奶奶送我去参加比赛时在火车站的一幕：奶奶眼睛亮晶晶的，手不停地抚弄着我的头发，环顾我的脸："孩子，你爸爸若是还活着，现在应该是国家级的轮滑运动员了，你一定要，唉……"

我晃晃脑袋，回到现实中。

"奶奶，如果您还是找不到轻轨站就打刚才我给您留的电话……"

老奶奶回头望了我一眼："谢谢你，孩子！"此刻，她灰蒙蒙的眼睛开始有些透明，发出光亮，然后消失在人流中。

我拽着我的拉杆箱，往相反的方向滑。

我不认识老奶奶，老奶奶也不认识我，我们素昧平生。唯一交集的就是同乘了一辆高铁来到这拥有"世界轮滑之都"的 A 城，但我们目的不同。

当时，老奶奶在下车的一瞬间，突然跌倒在地。那个画面让我想起来当年陪父亲参赛时父亲跌倒的画面，也是车站，也是人流汹涌……但父亲无助、哀伤，绝望的眼神永远刻在我脑海里，无法磨灭。

我没有任何思考上去搀她起来："奶奶，您没事吧？要不要送医院？"

"没事，没事，就是岁数大了，腿脚不利索了。"

"哦，如果没什么事，那我先走了，我还有急事。"

话音未落，老奶奶一把抓住我，宛若抓住救命的稻草，局促地说："孩子，好人做到底吧，你去轻轨站吗？我没坐过，以前我打车总是绕来绕去越走越远花好多钱。女儿说，坐轻轨就两元钱，我跟你走。她现在在肿瘤医院做化疗，现在家里房子都卖了，省点是点……"

我的心头一震，看下手表，离活动开始时间还有四十分钟。

"没问题，奶奶，不过您得受点委屈，我带着您'轮滑'，你可跟好喽。"

……

现在，送走了老奶奶，大概用了十分钟。也就是说，我要在三十分钟内坐轻轨经过十多个站点到达比赛中心。其中包括出站口和入赛场之后的装备。

时间略微窘迫了点，我得马上赶路。

我像鱼儿一样在人流中游来游去，瞬间游到到 4 号轻轨站，换掉轮滑，我乘上了车。

当我赶到 A 城奥体中心西门广场时，比赛已经开始了。领队气急败坏、暴跳如雷，他吼道："大赛在即，如此荒唐，真是奇葩！奇葩！你让我，你让我跟组委会怎么交代？跟你奶奶怎么交代？十多年的心血就培养你这个无组织、无纪律、不懂得感恩的孩子吗？我，我也是太感情用事，现在后悔死了，不该答应你擅自行动……"说完，一杵子怼到自己的脑门上，一副痛不欲生的模样。

也难怪他发脾气。

这是全省速度轮滑锦标赛，也是全国锦标赛的资格赛。所有人对我充满了期待，我的教练给我评估过，以我目前的水准，少年甲组五百米争先赛进前六没问题……而我却因迟到二十分钟，错过比赛。这等于我自动放弃了参赛资格。

我找到组委会工作人员，解释了迟到的原因，是否可以参加计时赛或者别的赛事。工作人员问完我的名字和出生年月后，说："同学，我理解你的心情。可是每一场赛事都是提前安排好的，你只能参加青年甲组比赛，不能打乱。而且一个人只能参加一个赛事的一个年龄段比赛，实在没有办法，明年吧，明年还有机会……"

我讪讪地离开赛场，我没脸见领队和我的教练。老奶奶充满期望的眼神和父亲临终前对我说的话，对我的大脑进行了狂轰滥炸。

我原路返回，在通道里，我依然换上轮滑继续滑行。这时，突然接到一个电话："孩子，谢谢你啊，女儿化疗出点意外，必须做手术，我赶上签字了，赶上了。医生说如果再晚一会，可能后果就严重了，我们就这一个女儿，是你救了我们全家，谢谢，谢谢！……"电话里老奶奶呜咽着。

撂下电话，我继续滑行。奶奶来电："今天比赛结果怎么样？赢了，输了？"

"我我输了，不，我赢了！"

接着，组委会工作人员打来电话，他说："孩子，经大会组委会研究决定，我们今年特设了一个道德风尚奖发给你。"我半天没有反应过来。

◀ 起初不经意的你

    我是一家国有公司人力资源管理部门的工作人员，每天负责调配、薪酬、社保、工资绩效、档案等十分琐碎的工作。说白了，就是人事管理，工作事无巨细。虽然忙碌辛苦，但与每位员工的利益息息相关，从来不敢懈怠。

    这不，我为去世的一位退休员工办理的丧葬费和抚恤金，马上就有眉目了。我还为他没有任何经济来源的老伴，办理了遗属补助。也就是说，此后余生，他老伴每月可以拿到几百元的补助。这是好事，用大家的话说，人事干部就得办好事，办"人事"，呵呵。

    不过，今天电话通知家属来取他老伴身份证时，我差点被气炸了肺。

    逝者的儿子在微信里告诉我他在国外，让他表弟来代取。未成想，电话里一个柔声细语的女孩愣是冒充他表弟。

    我冲着她咆哮："金木木说他表弟来，你这细声细语的，非得冒充大男人，真是乾坤颠倒，不可思议，我不能把这么重要的东西交给你！"

我生气了。

我忙得连卫生间都顾不上去，她还在这里瞎胡闹，我哪有工夫陪她捉迷藏啊？不过，她电话里的彩铃倒是让我这个音乐迷回味了半天，竟然是三十年前风靡一时的《滚滚红尘》，一听就是陈淑桦版本的。"起初不经意的你，和少年不经世的我"……

但我没时间沉迷，我只能再想别的办法。

……

电话又响了，还是那个女孩。女孩恳切地说："姐，你不是有我表哥的微信吗？你可以核实啊，是他拜托我的，现在姨妈在国外生病了需要治疗，表哥让我把她的身份证邮过去住院用……"

我的天，这理由真是充分而富于人性化啊。

"你口口声声说你是金木木的亲戚，我刚才跟他核实你的身份时，他怎么一头雾水？朴玉子，也就是逝者的老伴，你口中的姨妈，上次来我办公室送材料时还好好的，怎么就住院了？她是逝者的法定继承人，你要身份证莫非是……"

"不不不，您听我说，我可以在您面前跟我表哥视频或通电话，请您一定要相信我……"

"鬼才能相信你！"

"我，我，我不是……"

"好了，好了，什么你不是，难道还是我的'不是'？"

挂断电话，我去食堂吃饭。期间，我把这事说给同事听，一番哄堂大笑后，同事各个夸我责任心重、能力强、阅历深。被"戴

我是你眼里的一尾游鱼

高乐"之后，我心里甭提有多美了。

也是，这年头，傻子太多了，骗子都不够用。纵然，我想当其中一个傻子，后果我承担不起啊，涉及到逝者几十万的房产和其他权利、义务呢。

我为自己的英明决断而窃喜。

女孩第三次给我打电话的时候，她索性告诉我已经在单位收发室恭候了。我只好让门卫给她打开门禁。既然你来了，也是"真假李逵"现原形的时刻，我要当面揭穿你的真面目，那一刻，我看你的脸往哪搁？

"咚——咚——咚。"

敲门声还挺文明。

进来一个胖胖的女孩。

她浑身上下，一身黑色服装，短发，寸头，白皙的脸上戴着一副金边眼镜，说话依然柔声细语、温婉可人。只有体型略显男性化，体重目测也有二百斤，除了发型，其他竟然与那个曾经震撼全场、红透英伦的英国达人秀苏珊大妈有几分神似。

她递给我身份证，说："姐，我是金木木的表弟……"

"你，你说什么？表弟？明明是表妹，怎么变成表弟了？"

"姐，不好意思，刚才我在电话想跟你解释，你愣是没让我说话……我从小心脏就不好，必须吃一种特殊的药，我又特别爱唱歌，在我变声期间嗓子因为药物作用就没变好，声线特别像女孩，……我这声音没少给我闹笑话。我现在在歌厅做驻唱歌手，唱的也是女生的歌，不信我给你唱两句：'起初不经意的你和少年不经世的我……'要不你也不能误会我是骗子，是吧？对不起，姐。"

"哦，呃。"

我接过身份证，上面是：崔熙然，男，1989 年 5 月 29 日……

我的天，我闭上眼睛，在脑海里回顾那张白皙的脸，那莺歌燕舞的语音，怎么，怎么就变成了一个男孩？我这先入为主、自以为是的性格，差点误了人家老人看病。

我的脸颊开始发热，手心有些潮湿。

"是我，是我不好意思，我每天要跟陌生人打交道，而且总涉及到财产，防范之心，有点矫枉过正了，对不起，希望你谅解……"

女孩，不，男孩说："姐，你做得对，你这是对工作负责任，为每一位当事人负责任……"

送走了"女孩"，我依然沉浸其中，"女孩"悠扬的歌声，在耳边久久地萦绕……

"起初不经意的你……"

◀ 你那里下雪了吗

一片，两片，三片；三片，两片，一片……

当天地还是灰蒙蒙一片的时候，一凡坐在家里的阳台上，望着窗外肆无忌惮的大雪，痴痴地数着，他多么希望大雪立刻停下来啊。

此刻，一凡的心情像天气一样灰暗、阴郁。昨天已经下了一整天了，今天丝毫没有停的意思。如果是去年，他会毫不犹豫地跑出去和小朋友堆雪人、打雪仗、玩游戏。他喜欢银装素裹的雪白世界，在纤尘不染的雪白的世界里，他是无忧无虑的。可是，今天非同寻常。

今天是开学的第一天。

一凡跟随同学们来到班级。他怀揣了小鹿，砰砰直跳。她，今天穿什么衣服？来了吗？这学期，她的身体会不会好一点？她还用每天陪着爸爸妈妈去捡煤炭石吗？她能不能多看我几眼？

一凡的眼睛极速地逡巡着教室的每一个角落，陈天浩、宁智波、李子涵、吴子豪……过尽千帆皆不是，没有她。

她怎么没来呢？明明说好的，再过两天……

一凡期待老师点名，那样他就会一目了然地准确掌握她的动向。结果，老师和一窝蜂的家长们忙着发书、钉书、打扫卫生……没有人知道她的去向。

……

一年前，新学期伊始。

一凡和李木木同时作为班长的提名，先后出现在竞选讲台上，她先让一凡演讲，一凡也礼节性地谦让了一下。可是，最后还是一凡留在了讲台上。一凡拿着之前在一个不知名的空间里借鉴的演讲稿慷慨陈词。首先、其次、再次、最后……

一凡的演讲博得了同学们热烈的掌声，她也微笑着为一凡鼓掌。当轮到她演讲时，她说："一凡同学比我更适合这份工作，我放弃了。"

此后的几天，同学们都用异样的眼光看一凡。最终，一凡还是知道了自己借鉴网络上空间的主人正是她——李木木。

从此，一凡觉得特别对不起她，但是她每次面对一凡都像什么都没发生一样。

一凡特别爱看她的眼睛，仿佛会说话，她每次看一凡的时候，一凡感觉自己充满了力量。

今天，她能来吗？

……

"同学们，现在我们要分组。"班主任曹老师打破了一凡的回忆。

"丁一浩、王子桓、刘天行……为第一组。"

"王子豪、苏小曼、许一凡……为第二组。"当老师读到一凡的名字时，一凡几乎要窒息了，他多想听到她的名字啊。三十多天的寒假里，他每天都默默期盼着新学期能跟她分到一个小组。

可是，直到八个组都分完了，也没有听到她的名字，一凡心中无限怅惘。

曹老师说，今天大雪肆虐，高速公路、公交全部停运，有几个同学被大雪隔在外地……

一凡无比失落地回到家。

晚上，他做了个绮丽的梦，五彩缤纷。除了白茫茫的世界，一凡能清楚地看到李木木身着红色的羽绒服，身上落满了厚厚的积雪，像一束梅花，傲立雪中。一凡牵着她的手在雪地里走着，他突然想到古人骑驴在雪地里"踏雪寻梅"，只不过他俩是步行。一凡伸出手哈着热气给李木木暖着耳朵，女孩给一凡正正帽沿……然后，雪忽然化了，街上的桃花遍地盛开……

一凡是笑醒的。起床后发现雪果真不下了，他兴冲冲地第一个来到教室静等着那个美好时刻的到来。

老师进来了，表情严肃，她说："同学们，有个消息不得不告诉大家，李木木同学不能来咱班了，她爸爸妈妈去外地打工，她只好辍学在家照顾弟弟……"

如当头一棒，一凡眼前一黑，差点晕过去。

不能来了？什么意思？

是不能来读书？怎么可能？

一凡跟随班主任来到办公室门口，想进一步求证，却意外听到班主任和其他老师的对话："真够惨的，全家人坐三轮车，一起翻到沟里，正好迎面一个大货车，雪天路滑，发生侧翻，把三轮车碾压在车底，我都没敢跟学生说真话……"

一凡踉踉跄跄跑回了家。他来到卧室的橱柜里，取出他为她亲手折的九百九十九只纸鹤，飞速地跑到院子里，撒在空中。此刻，天空又飘起了雪。

一片，两片，三片；三片，两片，一片……一凡的心是哭泣的，眼睛是红肿的，眼泪是风干的。

"木木，你答应过我，明天十二岁的生日我们俩一起过，生日之后，你的身体就会好起来……"

你那里下雪了吗？

……

我是你眼里的一尾游鱼

◀ 澄　明

．．．．．．．．．．．．．．．．．．

　　我将那辆过气的大众甲壳虫，如弃草芥般停在家里的后院。

　　然后，我开着爸爸新送我的生日礼物——宝马 X5，以八十迈时速飙车。您一定奇怪，八十迈算什么飙车，可是您要知道，我是在繁华闹市区汹涌的人流中。

　　我开始搜寻 H 市那座标志性建筑。

　　建筑立刻呈现在我的眼前，恢弘大气、庄严肃穆。我突然想到了某国的某某大楼——尽管我只是在电视上看过。

　　如果此刻有人拦住我，我也许会义无反顾地冲上去。我冲动的后果也会瞬间上各大互联网和媒体的热搜，一夜蹿红。但我还是不敢那么做，其实我胆小得很。只不过今天点背遇到事了，便把自己想象成一个侠女或者英雄，过过心瘾罢了。

　　我小心翼翼停车、入室、取号、排队。我才发现，像我一样的倒霉蛋多如牛毛，倒霉蛋们都面带微笑，虔诚地来此接受处罚。

　　叫号系统故障，许多人挤得得面红而赤。

　　安保人员大喊："稍安勿躁，互相谦让，和谐社会。"

好你个和谐社会！

我不就是和小男朋友在红绿灯前打了个 kiss 嘛，你至于偷拍吗？我不就是在十字路口发微信溜号停在了红绿灯中间，至于罚款吗？这分明是小题大做嘛！

当时，我被现场那个正在抠鼻屎的交警叔叔严厉批评、警告还开了罚单。我想，他一定不是一个认真做好一件事的人，如果他抠鼻屎再专注点，再心无旁骛点，就不会看到我的一切，也就不会有现在的麻烦。

终于，排到我了。

守在窗口的是一个貌似只有八、九岁的小女孩，她穿着不合体的制服，坐在那里，身体不由自主地左右摇晃。看到我，她说："美女姐姐，你有什么需要？"我递上驾驶证、行驶证、身份证⋯⋯

"我是接受处罚的，你，你能⋯⋯"

孩子接过去，动作娴熟，表情严肃。

大约两分钟后，孩子有些坐不住了，左顾右盼、心猿意马。

她咬着嘴唇痴痴地瞅着门口东张西望，额头和鼻尖上沁出晶莹的水珠，后来她吃力地从座位上跳下来，跑到门口翘着脚张望着，然后又跑回来爬到座位上继续左右摇晃。此时，我才明白，她左右摇晃的真正原因，是凳子太高身体不稳导致的。

如此，她来来回回反复了好几次。

要是以往，以我的个性，我会拍案大叫："我排队这么辛苦就让我白等吗？我要参加同学 party，爽约你能负责吗？把你们领导给我叫出来！叫出来！"

我是你眼里的一尾游鱼

可是今天，眼前小女孩这张标志的娃娃脸上镶嵌着葡萄般水灵灵的大眼睛，黑白分明、顾盼生辉、楚楚可怜。

这是一双充满哀伤、幽怨、无奈、慌乱但仍不失灵性的眼睛，像阴郁许久的天空忽然现出了蔚蓝色，清澈透明、纯净纯粹。仿佛可以洞察世上的一切，它分明是一种力量，这种力量足以抵达人的最柔软、最敏感的内心。那一瞬间，我感觉自己那颗本已麻木干涸的心被融化、滋润。

她极尽掩饰之能事，仿佛在说："姐姐，等一等好吗？"

后面排队的人开始不耐烦："怎么回事？怎么可以雇佣童工？排了一上午就一个孩子接待，像话吗？我还要跑长途拉货呢。"

不知为何，这一刻，我愿意使出浑身解数为小女孩解围。

我转过身来，做"嘘"的手势："各位不好意思哈，我的情况有点特殊，可能慢一点，耽误大家时间请多体谅……"然后转回来，我问了一些无关痛痒的问题，女孩对答如流，看来孩子还是提前做过功课的……

终于，一位中年妇女出现在门口，她脸色苍白、憔悴不堪，三步并做两步飞奔窗口，迅速地将孩子抱下来，冲着我俯身连声说："对不起，对不起……"

我签字扣分，拿着罚款单，走到门口，听到安保人员的一番对话。

"刘姐真可怜，老公去世早，自己又得了肾病，老得去厕所，本来不适合干窗口工作，可她只是公益性岗位，是专设的，没法调整啊。"

"又治病又要养孩子，太不容易了！"

"没办法，刘姐才想到这瞒天过海的办法，本想自己去卫生间期间，就让孩子给搪塞一下，没想到今天，人多业务量大，其他窗口想帮忙也帮不了。"

"唉！这下可能要下岗了……"

女孩眼睛里所有的幽怨和哀伤找到了答案。

我的心倏地被触动。

翌日清晨，我把宝马 X5 还给了父母，在他们惊愕的神情中，我带着自己的简历，来到了 H 市的人才交流市场。

◀ 最重要的一课

"拜托，今天你们只出单就可以，明后天再发也行……"

"我们哪天接单哪天出单，不可以提前，这在网络里走流程的，弄虚作假会被投诉，对不起……"

下午两点半，我在电话里不厌其烦地跟几家快递公司交涉着，无论我多么虔诚，人家都表示还在假期里没有上班，爱莫能助。

可是，可是，今天某市就业局那个女孩恳切的声音、局促不安的求助让我又不忍心坐以待毙。

我决定试一试。我拖着几乎虚脱的身体，在初春的一场大雪里，艰难前行。

女孩只给我了两个小时的时间。现在是下午两点半，要在四点半下班前，对方要看到发快递的单据，否则后果不堪设想。当然，这个后果是她的后果。

我来到某快递公司门口，我想我拿着档案袋，动之以情晓之以理地说明情况，谁也不会忍心拒绝一个如此热心帮助别人的我吧？

我敲敲门，半天，一个懒洋洋的声音响起："谁啊？"

"我是来寄快递的，麻烦开下门。"

"对不起，现在是正月初六，还休息呢，我们没有正常营业。"

"我知道你们还在假期，但是这个很重要，你们只要今天打出单子就可以，哪天运走不重要。拜托了，这关系到一个刚刚毕业的大学生的前程……"

结果，人家门都没开，说："我听不懂你说什么，你说的这种情况我们不可能……"

我又连续找了几家快递公司都是同一个结果。

我抱着最后一线希望找到县邮政局，说明来意。邮政局工作人员很通情达理，答应接过去，并且给打出单子。我想只要看到单子，即使慢点对方也可以谅解的。现在走机要局也是没有办法的办法。

我看了下手表，还差半个小时四点半。

终于，一颗石头落了地。

我想在电话里向我哭诉的那个女孩知道这个结果一定会很高兴，我的心也开阔起来。

事情办完后，我按照女孩的来电回拨了电话："你加我微信，我把出单的凭证发给你……"

女孩没有像我想象得那样兴奋，她说："姐，来不及了，对方已经投诉我了，估计明天我可能就会被炒掉，我只能再找工作了。"女孩声音有点哽咽。

"怎么可能？距离下班还有半个小时，你不说只要在下班前对方看到单据就不追究你的责任了吗？"

"可是，这事不知道怎么就那么寸，让他们领导知道了，领导大发雷霆，据说这个档案是领导家一个亲戚的，因此错过了办理留学的机会，一气之下，就……"

这一瞬间，我浑身瘫软，差点跌倒在地。我的努力全都付之东流，我胃肠感冒，上吐下泻，只差穿上纸尿裤了，我为了发这个快递，顾不上打吊瓶，紧赶慢赶还是没有改变事态的发展……

"姐，真对不起，都是我的错，如果那天我再认真一点，再仔细检查一遍，就不会邮错了档案，把你们单位的邮到另外一个城市别人的单位，把别人的档案邮到你们单位。这不怪人家，这是给我就业前上的最好的一课，也是最重要的一课。"

跟女孩通完电话，心里说不出啥滋味。我根本不认识她，只不过是在调阅考入我们单位的一位职员档案的时候，工作人员把档案张冠李戴了，邮错了。她是某市劳动部门的工作人员，正在试用期。因为疏忽，竟然无厘头地把别人的档案寄给了我，对方要求及时返回去，所以我必须先给她再邮回去……

她因此丢掉这份工作是我始料未及的。

我现在马上去诊所，昨晚折腾了一夜……这个结果，也是给我上了最重要的一课。

◀ 静待花开（后记）

我曾经以为，今生只是无可救药地爱上了文字，只是迷醉于文字带给自己的乐趣，不敢奢望集结成册。而今，却在岑寂了多年以后，重新拾掇和整理了代表自己青春、欢笑、情感的作品……幸运的是，得到了杂志社主编和编辑的厚爱，陆续变成了铅字。同时，也得到了读者的青睐。

十年磨一剑。

曾经在星空下坐在门槛上的那个小女孩仰望夜空，心驰神往。无数个梦想在泛黄的四大名著里，在翻烂的小人书里，在满是意象冻结的窗花里，绚烂了我整个童年、青春和四季。

走过风雨，我走不出自己。

求知若渴的眸子，满是贪婪与探索，与古人神交，在唐诗宋词里沉醉。一任苍穹中父母急切的呼唤回响于耳际，一任冰凉的夜色打湿回家的路……

感恩生活，给予我太多的人生况味与体验，让我真实地感受到岁月静好，没有浮华和羁绊，没有纷争和失意。

我是你眼里的一尾游鱼

我将每一篇作品，捧入素手织就的花篮里，采撷着来自自然的珠贝。我打着赤脚，踩着泥土，一路欢声笑语，踏歌而来。

　　时光无语，静待花开。

2024 年 11 月 5 日